Iatros Verlag • Sheilas Stern

für Briggi

Stephanie Heinrich

Sheilas Stern

Roman

Iatros Verlag • Nierstein

1. Auflage

Bibliografische Information der Deutschen Bibliothek
Die Deutsche Bibliothek verzeichnet diese Publikation in der Deutschen Nationalbibliografie; detaillierte bibliografische Angaben sind im Internet über http://www.ddb.de abrufbar.

Herstellung: Iatros-Verlag & Services GmbH, Nierstein/Rh.
Druck & Bindung: SdL, Berlin

ISBN 3-937439-68-4

1. Kapitel

Düstere Wolken verschleiern langsam die klare Abenddämmerung. Die Sonne ist schon längst am Horizont verschwunden. Es war heute ein heißer Tag gewesen, fast schon zu heiß für den Monat Mai. Nicht das kleinste Lüftchen hatte geweht, keine einzige Wolke war am Himmel zu sehen gewesen. Die Freibäder sind schon seit Tagen geöffnet, an jeder Ecke der Kleinstadt steht ein Eisverkäufer, der vor allem die Kinder zum Jubeln bringt. Der Sommer ist dieses Jahr früh gekommen.

Ich stehe auf einer schmalen Brücke und lehne mich über ihr dünnes Metallgeländer, dessen vereinzelte Farbsplitter noch immer erkennen lassen, dass es einmal grün gewesen war. Darunter fließt der Krebsbach, der sich unauffällig durch Ammenberg schlängelt und am Stadtrand wieder in den nahegelegenen Wäldern verschwindet.

Hier an der kleinen Brücke, in dem knietiefen Wasser, habe ich als Kind immer gespielt, mit Freunden aus der Schule nach versunkenen Piratenschätzen gesucht, selbstgebastelte Boote schwimmen lassen, und vergeblich versucht, die eine oder andere Forelle zu fangen. Damals war das Geländer noch leuchtend grün. Aber das ist schon eine halbe Ewigkeit her. Mir kommt es vor, als sei es in einem vorherigen Leben gewesen.

Der Himmel verdunkelt sich nun zusehends. Die Hitze des Tages lässt allmählich nach, stattdessen ist die Luft abgestanden und drückend. Kein Vogel ist mehr zu hören, kein Blatt bewegt sich. Es ist unheimlich still, nur aus der Ferne verraten leise die Motoren der Autos, dass die Welt nicht stehen geblieben ist.

Ich kann das bevorstehende Gewitter beinahe riechen, ich spüre die Spannung der Luft auf meiner Haut. Beiläufig werfe ich einen Blick auf mein Fahrrad, das ebenfalls an dem Geländer lehnt. Daneben steht meine Gitarre.

Die Bandprobe heute Abend war gut gewesen, wir haben gespielt wie noch nie. Wenn es weiterhin so bergauf geht, steht dem

Auftritt in drei Wochen nichts mehr im Wege. Es wird das erste Konzert sein, das erste große Konzert, zu dem rund vierhundert Besucher erwartet werden.

Plötzlich durchzuckt ein greller Blitz den Himmel, der sich mittlerweile in ein bedrohliches Grau verfärbt hat. Ich warte vergeblich auf den darauffolgenden Donner, doch stattdessen treffen mich nur einzelne Regentropfen, die von Minute zu Minute immer dichter werden.

Ich löse mich von dem Brückengeländer, hänge mir meine Gitarre über den Rücken und steige auf mein Rad. Zügig trete ich in die Pedale, um dem bevorstehenden Wolkenbruch möglichst noch zu entkommen.

Unsere Wohnung liegt am anderen Ende von Ammenberg. Wenn ich mich beeile, habe ich die Kleinstadt in einer guten halben Stunde durchquert. Ich kenne jede Straße, jede kleinste Gasse. Alles ist mir vertraut.

Ich fahre an meiner ehemaligen Schule vorbei, durch die Fußgängerzone, vorbei an den geschlossenen Läden. Keine Menschenseele ist mehr auf der Straße, alle haben sich in ihre Häuser zurückgezogen. Mittlerweile ist auch starker Wind aufgekommen, der Papierfetzen und Laub durch die Luft wirbelt. Ich habe Mühe, mit meinem Fahrrad gegen die Böen anzukämpfen. Wie konnte ich nur glauben, dem Wolkenbruch noch entrinnen zu können? Der Regen peitscht mir ins Gesicht und arbeitet sich unaufhaltsam durch meine Kleidung. Ich fröstle leicht, ich hasse nasse Unterhosen und triefende Socken. Einige Strähnen meiner schulterlangen blonden Haare kleben mir im Gesicht.

Als ich endlich in den Buchenweg einbiege, wechseln sich Donner und Blitz in gleichmäßigen Abständen ab. Ich kann mich nicht entsinnen, ein solches Gewitter schon einmal erlebt zu haben. Die Welt scheint unterzugehen.

Die einfachen Reihenhäuser mit den schmalen Vorgärten wirken in dieser Unwetterstimmung grau und fahl, selbst die bepflanzten Blumenbeete sehen traurig aus.

Wie immer werfe ich einen verstohlenen Blick auf das Reihenhaus mit der Nummer 57. Auch dieses Mal gelingt es mir nicht, meine Aufmerksamkeit an eine andere Stelle zu lenken, und einfach am Haus vorbeizuradeln. Dabei sehen hier in der Straße alle Häuser gleich aus. In der Nummer 57 brennt im Erdgeschoss

Licht! Ich kann es durch die dunklen Gardinen erkennen! Das große Fenster hinter dem Gemüsebeet.

Vater hatte auch immer die Gardinen zugezogen. Er hasste es, wenn Leute ins Wohnzimmer schauen konnten. Allerdings hätte uns aufgrund der hohen Hecke um den Garten niemand beobachten können. Aber so war Vater gewesen, er beharrte auf seiner Meinung, ganz gleich, ob sie richtig war oder nicht.

Nun ist die Hecke weg, stattdessen umrahmt ein schmaler Jägerzaun das kleine Grundstück. Ich kann mich an den Anblick noch nicht gewöhnen, vielleicht zieht auch diese Veränderung meine Blicke ständig aufs Neue an.

Ich versuche meine Gedanken wegzuwischen, sie aus meinem Kopf zu verbannen. Dies ist schließlich nicht mehr mein Zuhause. Das war einmal.

Nur wenige Minuten später flüchte ich unter das Vordach des mir mittlerweile vertrauten Betonbaus. Ich kette das Fahrrad an den dafür vorgesehenen Ständer und hole meinen Hausschlüssel aus meiner durchnässten Hosentasche. Mit dem Handrücken fahre ich kurz über meine Nase, um den herabhängenden Regentropfen zu beseitigen, und schniefe. Wie immer klemmt die Haustür. Ich ziehe an dem Griff und stemme mich gleichzeitig dagegen. Diese verdammte Tür! Wann wird sich der Hausmeister endlich einmal bequemen, sie zu reparieren?

„David“, die Stimme meiner Mutter, vermischt mit den Geräuschen des laufenden Fernsehers, ertönt aus der Küche. Sie klingt ein wenig rau und heiser.

Ich stelle meine Gitarre unter die Garderobe, wische noch mal kurz über die nasse braune Kunstlederhülle und laufe durch den schmalen Flur in die Küche. Die Wohnung ist klein, beinahe zu klein für zwei Personen. Die erbärmliche Anzahl der Räume reicht noch nicht einmal für ein Wohnzimmer aus.

Dagegen ist die Küche im Verhältnis zur restlichen Wohnung relativ groß. An der einen langen Seite steht ein alter Eichentisch, auf dem seit Jahren meine eingeritzten Strichmännchen und Schiffe verewigt sind. Damals beim Umzug hatte meine Mutter darauf bestanden, diesen Tisch zu behalten. Er ist schon so etwas wie ein Familienmitglied, wenn man von Familie überhaupt sprechen kann.

Die beigefarbene Einbauküche an der gegenüberliegenden Wand stammt noch vom Vormieter. Der Herd ist mit tiefen Kratzern durchzogen und die Griffe an den Türen der Geschirrschränke sind nicht mehr ganz fest.

Über die Spießigkeit der altmodisch rot weiß gekachelten Fliesen hatte ich zunächst gelacht, doch mit der Zeit habe ich mich daran gewöhnt. Immerhin sind sie praktisch zu säubern.

„Hallo Ma," begrüße ich meine Mutter und bleibe im Türrahmen stehen.

Sie blickt von dem kleinen Fernseher auf und lächelt schwach. Vor ihr auf dem Tisch steht eine Bierdose, in der linken Hand hält sie eine brennende Zigarette.

Ich seufze lautlos und streiche meine nassen Haare zu einem Pferdeschwanz zusammen. Während ich mir die zerbrechlich wirkende Frau, mit dem ungekämmten Haar und in dem unsauberen türkisen Frotteemorgenmantel betrachte, fühle ich wieder dieses alt bekannte Gefühl in mir aufsteigen, ein Gemisch aus Wut, Trauer und Hilflosigkeit. Ich weiß nur nicht, wem ich dieses Gefühlschaos zuordnen soll.

„Ist alles in Ordnung?" In den glasigen Augen meiner Mutter flackert ein Funken von Unsicherheit auf.

„Klar, alles bestens, bin nur etwas nass geworden." Ich schiebe mein inneres Chaos beiseite und versuche ein lockeres Grinsen aufzusetzen. Dann beuge ich mich zu ihr hinunter und umarme sie. „Und bei dir? Ist bei dir auch alles okay?"

„Im Kühlschrank ist noch Käse, ein paar Scheiben Brot müssten auch noch da sein. Ich kam heute leider nicht zum Einkaufen." Sie windet sich aus meiner Umarmung und will sich erheben, doch ich drücke sie sanft wieder zurück auf den Stuhl.

„Schon gut, bleib sitzen. Ich finde schon etwas." Ich gebe mir alle Mühe, entspannt und fröhlich zu klingen, doch der Blick meiner Mutter hat etwas Panisches an sich. Sie starrt mich an und ist kurz davor, sich zu ducken. Die Zigarette in ihrer Hand zittert, nervös nimmt sie einen Schluck aus ihrer Dose.

„Hey," flüstere ich eindringlich, „was ist denn?" Zärtlich küsse ich sie auf die Wange und streiche ihr über das fettige Haar.

Morgen kann schon alles wieder anders aussehen, morgen ist sie vielleicht wieder die lebhafte und starke Frau, die ihren Job, Haushalt und Einkäufe mit links unter einen Hut bringt und sogar Zukunftspläne schmiedet. Eine Frau, die auf ihr gepflegtes Äußeres achtet, mit der man stundenlange Gespräche führen kann, und die es liebt, mit Freundinnen abends auszugehen.

Wenn sie nur nicht ständig so wechselhaft wäre, manchmal kann ich sie einfach nicht durchschauen.

Allmählich löst sich wieder ihre Anspannung, und sie wendet sich erneut dem Fernseher zu. „Warst du heute in der Firma?“ frage ich beiläufig und öffne den Kühlschrank. Ich greife nach dem Käse und ziehe langsam die Frischhaltefolie herunter.

Sie antwortet nicht auf meine Frage. Wie gebannt verfolgt sie auf dem Bildschirm die Szene einer wilden Schießerei.

Ich stelle den Fernseher leiser, ich kann die Schüsse in dieser ohrenbetäubenden Lautstärke gerade nicht ertragen.

„Hast du heute gearbeitet?“ wiederhole ich die Frage und schmiere Butter auf meine Brotscheibe.

„Nein,“ antwortet sie kleinlaut. „Dieser Wetterwechsel, verstehst du,“ stammelt sie. „Ich hatte furchtbare Migräne. Heute morgen war es so schwül, und dann das Unwetter. Das macht mein alter Kopf nicht mehr mit.“ Sie versucht zu lachen, doch es klingt nicht überzeugend. „Aber morgen gehe ich wieder hin, ganz bestimmt!“

Ich setze mich mit meinem Abendbrotteller zu ihr an den Tisch. Ich hasse diese kindlichen Versprechungen. Meine Mutter ist ein erwachsener Mensch, der tun und lassen kann, was er will. Ich ärgere mich mal wieder über mich selbst, dass es mir nicht einfach egal ist, ob sie zur Arbeit geht oder nicht. Was ist schon dabei, wenn sie einen Tag wegen eines Migräneanfalls fehlt? So etwas kommt vor, sage ich mir im Stillen, um mein ungutes Gefühl zu beruhigen. Ich beschließe einfach, ihr die Sache mit der Migräne zu glauben.

„Wie war deine Bandprobe?“

„Sehr gut,“ antworte ich mit vollem Mund. „In drei Wochen haben wir unser erstes großes Konzert. Du bist natürlich eingeladen.“

Lächelnd fixiert sie die Tischplatte. Das Licht der Hängelampe wirft dunkle Schatten unter ihre Augen. Sie nickt.

Dem Wunsch nach Ruhe nachgebend und um mich der unangenehmen angespannten Atmosphäre möglichst schnell zu entziehen, würge ich hastig die letzten Bissen meines Käsebrotes hinunter. Dann stehe ich auf, stelle das dreckige Geschirr in die Spüle und lasse heißes Wasser in das Becken ein.

„Was machst du heute Abend noch?“ Erneute Panik lässt sich aus ihrer Stimme hören.

„Ich stelle mich gleich unter die warme Dusche und gehe anschließend ins Bett.“ Nach einem Schwamm suchend wandern meine Augen über die Arbeitsfläche der Küchenzeile.

„Gehst du nicht noch einmal weg?“

„Nein!“ Ich versuche, mir meine Ungeduld nicht anmerken zu lassen. „Wo ist der Schwamm?“

„Auf der Fensterbank.“ Sie streckt den Arm nach hinten aus und reicht ihn mir. „Ich meine, du kannst ruhig noch rausgehen. Wegen mir brauchst du nicht hier zu bleiben. Du bist jung, du willst dich doch sicher mit Freunden treffen.“ Sie steht auf und geht zum Fenster. Sie zieht den Rollladen ein kleines Stück hoch und späht auf die Straße. „Der Regen hat auch nachgelassen.“

„Hör auf!“ Ich knalle den frisch abgewaschenen und tropfenden Teller auf den Geschirrständer.

Ich atme tief durch und bereue gleichzeitig meinen kurzen emotionalen Ausbruch. Ich starre in das schaumige Wasser. Scheiße, ganz ruhig bleiben. Mit aller Kraft presse ich den Schwamm zusammen, um meine Wut auf irgendeine Weise rauszulassen.

„David,“ höre ich ihre ängstliche Stimme hinter mir. Langsam drehe ich mich um, und zwinge mich dazu, ihr in die Augen zu sehen, den Schwamm noch immer mit meiner Hand umklammernd.

„Du bleibst also hier?“ fragt sie mich leise.

Ich nicke ruhig. Am liebsten würde ich sie laut anschreien, doch ich beherrsche mich. Warum sollte ich sie auch anschreien? Für etwas, womit ich ein Problem habe? Was ich nicht richtig definieren kann, und was ich überhaupt nicht verstehe?

Ich nicke noch einmal, trockne meine Hände ab und gehe hinüber ins Bad, wo ich mich nach wenigen Minuten unter die heiße Dusche stelle.

Es ist ein wunderbares Gefühl, das dampfende Wasser über den ganzen Körper prasseln zu lassen. Ich schließe meine Augen und halte mein Gesicht direkt unter den Duschkopf. Nichts sehen, nichts hören, außer das beständige Rauschen und Plätschern des Wassers.

So langsam kehrt wieder Ruhe in mich ein. Meine innere Anspannung läuft in Bächen an mir herab, sammelt sich im Duschbecken und entschwindet im Abfluss.

Nachdem ich mich wesentlich besser fühle, stelle ich das Wasser ab und schnappe mir ein Handtuch. Meine Gedanken drehen sich wieder um die Bandprobe von heute Abend, und ich spüre ein Gefühl der Freude in mir. Ich hatte meinen neuen Song präsentiert, und alle waren begeistert gewesen.

„Das ist der beste Song, den du je geschrieben hast," hatte Marco, der Gitarrist, gelobt, und die anderen stimmten ihm zu. „Den müssen wir nur noch richtig üben, damit er an unserem Konzert der Knaller wird. Die Leute werden begeistert sein!"

Der Song handelt von einem Mann, der sein bisheriges geregeltes und geordnetes Leben abbricht, um in der großen weiten Welt nach seinem Glück zu suchen. Während des Schreibens kam in mir ebenfalls die Sehnsucht hoch, einfach alles hinter mir zu lassen und irgendwo, vielleicht in Kanada oder Neuseeland, von vorne zu beginnen. Es war, als handele der Song von mir selbst. Vielleicht ist er auch daher so gelungen.

„Gute Nacht, David". Meine Mutter klopft an die Badezimmertür.

„Gute Nacht, Ma," antworte ich, während ich mir meine Haare trocken reibe. „Schlaf gut," füge ich in leisem Ton hinzu. Allerdings weiß ich nicht, ob sie es hört. Vielleicht habe ich auch nur laut gedacht.

Ich werfe einen Blick auf die Uhr, die mich daran erinnert, um welche Zeit mich Gesa morgen erwartet. Die gute alte Gesa.

2. Kapitel

Gesa wohnt in einem alten, von Efeuranken bewachsenen Backsteinhaus, umgeben von einem riesigen Grundstück voll wild wuchernder Pflanzen, das einem Urwald ähnelt. Seitdem Gesas Mann vor einigen Jahren gestorben ist, hat sich niemand mehr um den Garten gekümmert. Den Vorschlag, ihn einmal richtig herrichten zu lassen, den Rasen neu einzusäen und die Beete anzulegen, hatte sie vehement abgeschlagen. „Das hätte mein August nicht gewollt, er würde sich im Grabe umdrehen, wenn er wüsste, dass jemand in seinem Heiligtum wütet." Selbst durch das Kopfschütteln der Nachbarn lässt sich Gesa nicht beirren. Das Denken anderer Leute stört sie nicht weiter. Sie ist sich sehr wohl bewusst, dass sie als verrückte alte Dame abgetan wird, doch sie lacht nur darüber und denkt sich ihren Teil. Gesa ist bei weitem nicht dumm.

Die Auffahrt hinter dem schmiedeeisernen Tor scheint nur noch für meinen kleinen weißen Wagen vom Hilfsdienst zu existieren, und so auch der enge Parkplatz vor der Haustür. Nur ganz selten, vielleicht einmal im Monat steht hier ein polierter Mercedes mit Cabriolet-Verdeck, dann weiß die ganze Nachbarschaft, dass Gesas Enkelkinder mal zu Besuch sind, die nach Gesas Aussage nur hinter ihrem Geld und dem Erbe her sind und die alte Dame von einem Einzug ins Altersheim zu überzeugen versuchen.

Als ich den Motor ausstelle und die Fahrertür öffne, höre ich schon Pumpernickel, den kleinen Rauhhaardackel, im Hausflur bellen.

„Ist ja gut, ist ja gut," begrüße ich den kleinen Vierbeiner, der nach seinem Aussehen dem Alter seines Frauchens Konkurrenz machen könnte. Ich streichle ihm über den Kopf und gehe hinüber ins Wohnzimmer.

Gesa sitzt wie üblich zu dieser Zeit in ihrem weinroten Ohrensessel, trinkt eine Tasse Kaffee und liest die morgendliche Zeitung. Die Sonnenstrahlen, die durch das Terrassenfenster fallen, bringen ihr toupiertes lichtes Haar zum Leuchten. Mit ihrer Nickelbrille auf der Nasenspitze sieht sie mich an.

„Guten Morgen, Gesa,“ begrüße ich sie freundlich. „Wie geht es Ihnen heute?“ „David, schön dass du da bist,“ sie wirft einen flüchtigen Blick auf die Uhr, „aber ist es nicht noch zu früh?“

„Nein, wie jeden Morgen. Punkt halb zehn!“ Ich lächle sie an, und Pumpernickel springt freudig an meiner Wade hoch.

„Ach, ich vertrödele schon wieder die Zeit. Das Lesen der Morgenpost fällt mir immer schwerer, meine alten Augen werden halt nicht jünger,“ sagt sie verschmitzt. „Aber nichts für ungut, ich möchte heute spazieren gehen. Hinaus an die frische Luft! Nicht wahr Pumpernickel? Wenn David hier ist, musst du zum Pinkeln nicht nur in den Garten.“ Sie erhebt sich mit einem leichten Ächzen, während ich sie am Arm stütze.

„Wie ist das Wetter? Brauche ich eine Jacke?“

Gemütlich schlendern wir die Straße entlang, Pumpernickel mit der Leine an den Gehwagen gebunden, und Gesa die Lenkgriffe eng umfassend.

„Müssen wir heute einkaufen gehen? Brauchen Sie noch etwas?“ frage ich beiläufig. Gesa bleibt kurz stehen und schaut nachdenklich gen Himmel.

„Mhm ... nein ... ich glaube nicht. Das Mittagessen kommt wieder auf Rädern angerollt und zum Abendbrot habe ich noch Toast und Aufschnitt. Das müsste reichen!“ Sie bringt ihren Gehwagen erneut in Bewegung.

„Wie wäre es, wenn wir heute in den Park gingen? Mir kommt es so vor, als sei ich eine Ewigkeit nicht mehr dort gewesen. Pumpernickel freut sich bestimmt auch, dann kann er nämlich ohne Leine laufen.“

Also machen wir uns auf den Weg zum nahegelegenen Park, der das städtische Krankenhaus umgibt.

Ich weiß, wie sehr Gesa diesen Ort liebt. Er ist für sie als Tor zur Welt übrig geblieben. Oft sitzen wir stundenlang auf einer Bank und beobachten die verschiedenen Menschen, und Gesa erzählt mir Geschichten aus ihrem Leben. Ich höre ihr gern zu, ihre Worte sind so weise. Ich kann sagen, dass wir mittlerweile eine freundschaftsähnliche Beziehung aufgebaut haben. Kaum haben wir den Eingang des Parks erreicht, binde ich Pumpernickel von der Leine los. Er stürzt sich gleich schwanzwedelnd auf einen anderen gleichgroßen Hund. Tollend springen die beiden über die Rasenfläche.

„Man würde nicht glauben, dass er schon so alt ist, nicht wahr?“ lächelt Gesa. Sie beobachtet die Szene mit einem glücklichen Gesichtsausdruck.

„Weißt du, David, das Leben kann manchmal so schön sein. Man muss nur lernen, sich an den kleinen Dingen freuen zu können. Dann ist das Leben viel leichter,“ sagt sie. Die Gummiräder ihres Wägelchens knirschen auf dem Kiesboden.

Ich nicke bedächtig. Wie recht sie doch hat, wenn es nur nicht so schwierig wäre.

Der Park ist um diese Uhrzeit erstaunlich belebt. Überall sind Jogger, Mütter mit Kindern und Hundebesitzer. Der große Springbrunnen plätschert unaufhörlich vor sich hin.

Gesa hält während des Laufens kurz inne und atmet schwer.

„Wollen wir uns einen Moment setzen?“ frage ich sie und deute auf eine einsame Bank unmittelbar vor uns.

Gesa nickt, sie wirkt plötzlich unheimlich müde und erschöpft.

Ich führe sie zur Bank, auf der sie sich sogleich niederlässt. Ab und an überkommen sie kleinere Schwächeanfälle, aber ist das in einem stolzen Alter von 97 Jahren verwunderlich?

Kaum sitzen wir, entspannt sich ihr Gesichtsausdruck schon wieder. Lächelnd blinzelt sie in die Sonne.

„Ist das nicht ein schöner Tag heute? Die Sonne scheint so herrlich,“ sagt sie.

Ich kann ihr nur zustimmen. Mein Morgen hat auch positiv begonnen. Als ich aufgestanden bin, ist meine Mutter gerade aus dem Haus zur Arbeit. Frisch und munter hat sie noch schnell die Küche auf Vordermann gebracht, und sich dann mit einem Kuss verabschiedet. „Ich wünsche dir einen schönen Tag,“ hatte sie noch gerufen, ehe sie aus der Tür verschwand.

Ihr merkwürdiger Zustand von gestern Abend hatte wie das tosende Unwetter keine Spuren hinterlassen. Ich war sehr erleichtert.

„Jedes Jahr genieße ich den Frühling, als ob es mein letzter sei, und dann erlebe ich ihn doch immer wieder aufs Neue. Zwar werde ich kontinuierlich runzeliger und zerbrechlicher, aber ich kann ihn wahrnehmen. Mal sehen, wie ich das nächste Frühjahr erlebe. Entweder von oben neben meinem August oder hier unten zittrig im Rollstuhl.“ Wir lachen beide. Wenn man Gesas Humor erst einmal kennen und verstehen gelernt hat, ist er großartig. Gesa ist einfach unschlagbar.

„Sag mal, David, du singst doch in einem Chor, habe ich das richtig verstanden?“ fragt sie mich plötzlich.

Ich muss mich beherrschen, nicht laut los zu prusten.

„Na ja, Chor kann man das nicht ganz nennen, so etwas Ähnliches.“ Ein Grinsen kann ich mir allerdings nicht verkneifen. „Ja, ich bin Sänger einer Band!“

„Band … ach so nennt man das heute.“

Und schon beginnt sie wieder aus alten Zeiten zu erzählen, wie sie damals als junges Mädchen auf Bällen herumwirbelte und bei sonntäglichen Tanztees heimliche Verehrer traf.

Während sie neben mir sitzt, merke ich, wie sie immer mehr in die Erinnerungen hineingleitet. Die damaligen Bilder scheinen wie ein Film vor ihren Augen abzulaufen.

„August war der beste Tänzer von allen, keiner konnte ihm das Wasser reichen.“ Auf einmal sieht sie mich an. „Ich hätte solche Lust mal wieder zu tanzen. Einen richtigen Walzer. Könntest du mich nicht mal zu einer Musikveranstaltung von euch mitnehmen?“

Ich stutze und schlucke. Gesa auf unserem Konzert? Die Vorstellung allein, Gesa in einem Getümmel von jugendlichen Metallern, vor dröhnenden Boxen und im Dunst der verqualmten Luft. Ich glaube nicht, dass es das Richtige für eine solch betagte Frau wäre. Zum Glück bleibt mir eine Antwort auf ihre Frage erspart, denn Pumpernickel ist plötzlich außer Sichtweite geraten.

„Pumpernickel?“ rufe ich und stehe auf, um mich im Park umzusehen. „Wo steckt der Herumtreiber nur?“ Gesa schüttelt den Kopf. Von dem kleinen Dackel ist weit und breit nichts zu sehen.

„Wahrscheinlich ist er einer hübschen Hundedame gefolgt. Wäre ja nichts Neues.“ Sie schüttelt erneut den Kopf.

Ich gehe ein paar Schritte, in der Hoffnung den Ausreißer möglichst schnell aufzufinden. Immer wieder rufe ich seinen Namen und komme mir schon beinahe blöde vor. Die Menschen schauen mich an, als ob ich nicht ganz bei Trost wäre.

Meine Blicke schweifen zwischen den Bäumen, über die Rasenflächen und durch Gebüsche. Von Pumpenickel fehlt jegliche Spur.

Ich spreche Fußgänger an, erkundige mich bei spielenden Kindern, doch niemand will ihn gesehen haben.

In meinem Kopf malen sich die schlimmsten Gedanken aus, was wäre, wenn der Hund verschwunden bliebe. Gesas einziger Kamerad.

Trotz des unguten Gefühls, die alte Dame allein auf der Bank sitzen zu lassen, schnappe ich mir die Leine und laufe in eiligen Schritten quer durch den großen unübersichtlichen Park. Irgendwann, nachdem ich die Hoffnung schon fast aufgegeben habe und niedergeschlagen zu Gesa zurückkehren möchte, höre ich aus der Nähe ein leises kurzes Bellen.

Ich drehe mich um und entdecke zwischen zwei Linden ein Mädchen auf einer Decke sitzen, und mit ihr auf der Decke – Pumpernickel!

„Ja, du bist ein braver Hund," lacht sie und krault ihn hinter den Ohren.

„Na ja, ob er so brav ist, bezweifle ich", sage ich grinsend, als ich auf die beiden zugehe. Das Mädchen, durch die Sonne geblendet, blinzelt überrascht zu mir hoch.

Erst von Nahem erkenne ich, wie zart und durchsichtig sein Gesicht scheint. Seine großen Augen verleihen ihm einen kindlichen Ausdruck. Sein Kopf ist kunstvoll mit einem Tuch umwickelt. Irgendetwas ist sonderbar an diesem Mädchen, nicht nur dass es schrecklich dünn ist und es schwer ist, sein Alter einzuschätzen.

„Ist das dein Hund?" fragt es mich. „Er leistet mir schon eine ganze Weile Gesellschaft."

„Wir haben ihn schon überall gesucht. Er gehört einer alten Dame, die ich betreue, und ich glaube, sie wäre sehr einsam gewesen, wenn er verschwunden geblieben wäre."

Das Mädchen mustert mich nachdenklich, jedoch nicht unfreundlich. „Du betreust eine alte Dame?" ihre Frage klingt interessiert

„Ich bin Zivi," nicke ich.

„Kann es sein, dass ihr Drei öfter hier spazieren geht?"

Ich bin verwundert über ihre Kenntnis, doch mir bleibt keine Zeit zum Nachfragen.

‚Mittlerweile kenne ich so langsam die Leute im Park, die öfter als dreimal die Woche hier auftauchen." Es hält kurz inne. „Also Kennen ist vielleicht zu viel gesagt, ich kenne sie vom Sehen." Das Mädchen lächelt verschmitzt. „Ich beobachte gerne Leute."

Ein Windstoß lässt die Enden seines Tuches flattern. Ich gehe in die Hocke und rupfe einen Grashalm aus dem Boden.

‚Menschen zu beobachten macht wirklich Spaß," stimme ich zu. „Damit könnte ich mich auch den ganzen Tag beschäftigen."

„Und ich male mir aus, was diese Menschen gerade denken, wie sie leben, was sie arbeiten und wie ihre Wohnung aussehen könnte. Wenn ich euch Drei bisher gesehen habe, dachte ich immer, die alte Dame wäre deine Großmutter, und du ihr fürsorglicher Enkel! Siehst du, so kann man sich täuschen!" Das Mädchen lacht und zeigt seine strahlend weißen in einer Reihe stehenden Zähne. „Aber lass mich raten, der Hund heißt Pumpernickel, stimmt's?"

„Woher weißt du das?" Die Überraschtheit in meiner Stimme ist nicht zu überhören.

„Es ist doch nicht das erste Mal, dass du nach seinem Namen rufend durch den Park rennst!" Ich ziehe belustigt die Augenbrauen und schmunzle mit einem übertriebenem Räuspern. Gleichzeitig bin ich über meine Unachtsamkeit beschämt. Das Mädchen scheint mich seit geraumer Zeit schon zu beobachten, und ich habe es noch nie bemerkt? Seit wann laufe ich mit solchen Scheuklappen durch die Gegend?

„Ja, die beiden Herrschaften halten mich ganz schön auf Trab," scherze ich zurück. „Da habe ich alle Hände voll zu tun. Ich muss aufpassen, dass Gesa, so heißt übrigens die alte Dame, nicht mit dem Gehwagen stürzt, und dass Pumpernickel auch schön in unserer Nähe bleibt und nicht wieder in irgendwelchen Sandkästen sein Geschäft erledigt. Zivildienst ist keine leichte Aufgabe." Und schon brechen wir beide in schallendes Gelächter aus.

Pumpernickel wirft schwanzwedelnd einen Blick von einem zum anderen.

„So, du Banause, jetzt müssen wir aber los. Dein Frauchen wächst sonst noch auf der Parkbank fest und wundert sich, wo wir bleiben." Ich nehme den Dackel an die Leine und erhebe mich langsam.

„Ich bin übrigens Sheila," sagt das Mädchen und gibt mir seine Hand.

Als ich Sheila erneut ins Gesicht sehe, weiß ich plötzlich, warum sie mir so sonderbar vorkommt. Ihre Wimpern und Augenbrauen fehlen.

„Da seid ihr ja," ruft mir Gesa entgegen. „Na, wo hast du gesteckt?" Sie hält Pumpernickel einen kleinen Hundekuchen hin. „Wir müssen langsam nach Hause, das Mittagessen kommt bald!"

Als wir den Heimweg antreten, erzähle ich Gesa, wo ich Pumpernickel aufgegabelt habe und von der Begegnung mit Sheila.

„Ja, er ist ein kluger kleiner Hund," sagt sie. „Er mag nicht jeden, und er sucht sich besondere Menschen aus. Zu manchen fühlt er sich hingezogen, und er weiß, wer es gut mit ihm meint. Er kennt die Menschen besser, als wir glauben, er hat sich noch nie in ihnen getäuscht. Und Sheila scheint ein nettes Mädchen zu sein."

Stolz betrachtet sie ihn, während er artig neben ihr herläuft. „An seiner Reaktion erkenne ich, ob ich gewissen Menschen vertrauen kann! Meine Enkel kläfft er immer an." Sie gluckst unterdrückt. „Er spürt, was sie vorhaben. Tiere haben manchmal den siebten Sinn. Auch wenn die meisten es den kleinen Vierbeinern nicht zutrauen."

Dann laufen wir einige Minuten schweigend nebeneinander her. Ich hänge meinen Gedanken nach, und Gesa scheinbar ihren. Das liebe ich immer an den Treffen mit Gesa, einerseits können wir uns gut unterhalten, andererseits können wir aber auch gut miteinander schweigen.

Nach einigen Minuten Redepause wirft Gesa ein: „Ich könnte mir vorstellen, dass dieses Mädchen ... wie hieß es noch gleich?"

„Sheila."

„Dass Sheila auch etwas Besonderes ist, sonst hätte Pumpernickel nicht ihre Nähe gesucht. Ich glaube nicht an Zufälle," sagt sie geheimnisvoll. „Mir ist sie übrigens auch schon öfter aufgefallen. Meistens sitzt sie irgendwo allein im Park."

„Vielleicht ist sie zur Zeit in dem benachbarten Krankenhaus," sage ich und denke an ihre kränkliche Erscheinung.

„Vielleicht," murmelt Gesa, und plötzlich meine ich, in ihrem Gesicht eine gewisse Traurigkeit zu erkennen.

Schnell wechsle ich das Thema.

„Und, haben Sie schon Hunger? Ihr Mittagessen kommt ja gleich," ermuntere ich sie, doch Gesa stöhnt nur. „Bleib mir weg mit diesem Fraß, die tun gerade so, als ob ich nicht mehr kauen könnte, als ob ich eine alte Frau wäre." Sie lacht und im gleichen Moment bleibt sie stehen und sieht mich an. „Sei mal ehrlich David, bin ich wirklich schon so alt?"

Ich klopfe ihr beruhigend auf den Rücken.
„Nicht wirklich, Gesa,“ schmunzle ich, „nicht wirklich.“

Als ich am Abend die Wohnungstür aufschließe, steigt mir zu meiner Überraschung ein angenehmer Duft in die Nase. Es riecht nach Bratwürstchen und Sauerkraut, und sofort meldet mir mein Magen ein knurrendes Hungergefühl.

Meine Mutter steht am Herd, eine Schürze um ihr Kleid gebunden und alle Hände voll zu tun. Als sie mich bemerkt, strahlt sie mich an.

„Hallo, mein Schatz,“ sagt sie zur Begrüßung. „Das Essen ist gleich fertig. Du kannst schon den Tisch decken.“ Sie reicht mir Teller und Besteck und rührt gleich darauf wieder das im Topf kochende Sauerkraut um.

Diese Frau ist mit der gestrigen überhaupt nicht zu vergleichen. In ihren Augen herrscht jetzt ein Glanz von Lebendigkeit, ihr Teint ist frisch und rosig, und die Haare sind ordentlich frisiert.

„Ich war nach der Arbeit noch kurz im Supermarkt und dachte, wir essen heute Abend mal gemütlich zusammen. Das kommt ja schließlich nicht so oft vor.“

Ich grinse sie an, ich bin glücklich, glücklich darüber, meine Mutter in einer Verfassung zu sehen, in der sie mir vertraut ist, die mir keine Angst bereitet. Die Sorge um sie, die mich gestern Abend beinahe um den Verstand gebracht hätte, verbanne ich in die kleinste Ecke meines Hinterkopfes. Ich beschließe, den Moment zu genießen und mich einfach darüber zu freuen, dass es ihr gut geht, dass sie keine Migräne quält, wie sie sich immer so schön ausdrückt.

„Die nächsten Abende werde ich auch unterwegs sein“ räumt sie ein und stellt die dampfende Mahlzeit auf den Tisch. „Morgen bin ich mit einer Arbeitskollegin im Kino verabredet, und ab übermorgen muss ich wieder zur Nachtschicht.“ Sie lacht und reicht mir die Platte mit den Bratwürsten. „Aber nun erzähl doch mal, wie war dein Tag?“

Während wir hier in der Küche zu Abend essen, spüre ich diese behagliche Zweisamkeit, die uns schon seit meinem Kindesalter immer verbunden hatte. Lockeres Beisammensein, miteinander essen und Unterhaltungen über Gott und die Welt führen. Probleme, die wir eh schon zu genüge haben, einfach mal pausieren lassen.

Heute verläuft alles unbeschwert, wir albern herum und schmieden sogar Zukunftspläne.

Meine Mutter träumt von einem neuen Job, von einem Job ohne ständigem Schichtdienst und mit angemessener Bezahlung. „Wir könnten uns eine neue Wohnung leisten, die größer und heller ist. An dieses Loch hier werde ich mich nie gewöhnen." Sie seufzt und schaut sich abfällig um. „Kein Wohnzimmer, wir leben wie im Mittelalter." Aus ihrer Stimme klingt ein spöttisches Lachen heraus.

„Ma, du denkst daran, dass ich, wenn mein Zivildienst beendet ist, zu studieren anfange. Und dann werde ich mir ein Zimmer in München suchen müssen. Die 400 km wollte ich nicht jeden Morgen mit dem Fahrrad zurücklegen," erinnere ich sie neckend. Erst letzte Woche habe ich die Zusage für einen Platz in Politikwissenschaften bekommen.

„Bis dahin sind es ja nur noch vier Monate," ruft meine Mutter erschrocken aus. Sie reibt sich nachdenklich die Stirn und grinst mich schließlich an. „Wie die Zeit vergeht," flüstert sie, und in ihren Augen funkelt Stolz, während sie mich betrachtet.

Ich weiche ihren Blicken aus, ahnend, was in jenem Moment in ihrem Kopf vorgeht: Siehst du, was habe ich dir gesagt? Wir schaffen es, alles wird gut.

„Ist heute eigentlich Post für mich gekommen?" frage ich sie und kratze die letzten Sauerkrautreste auf meinem Teller zusammen.

„Eine Zeitschrift und ein Brief, ich habe sie in dein Zimmer gelegt."

Auf meinem Bett finde ich meine jeden Monat aufs Neue heiß ersehnte Musikzeitschrift und einen Brief ohne Absender. Die Schrift, mit der meine Adresse geschrieben ist, sagt mir nichts.

Gespannt öffne ich den Umschlag und entnehme ihm eine neutral und einfach gestaltete Grußkarte.

„Wer ist denn die Glückliche?" scherzt meine Mutter und zündet sich eine Zigarette an. Als ich die Karte aufklappe, entflattert ihr ein 50-Euro-Schein und segelt unter den Küchentisch.

Während ich mich bücke, lese ich schnell über die kurzgefassten Zeilen.

Mein lieber David,
kauf dir was von dem Geld, ich wollte dich nur wissen lassen, dass ich an dich denke, und hoffe, dass es dir gut geht. Ich melde mich bald bei dir!
Liebe Grüße, dein Vater

Ich hebe den Geldschein auf und lasse die Karte vor mir sinken. Höhnisch puste ich mir eine herabhängende Strähne aus der Stirn, ich lache kurz auf.

Meine Mutter starrt auf das Geld und wird blass. „Von deinem Vater?“ fragt sie leise. Wütend presse ich Luft aus meinen Lippen und beginne, den Tisch abzuräumen.

Seit zwei Jahren hat er nichts mehr von sich hören lassen, sich weder an Weihnachten noch an Geburtstagen gemeldet, worüber wir wirklich nicht unglücklich waren. Eines Tages war er einfach fort, ein gekritzelter Zettel hing an der Haustür, worauf in kurzen Worten zusammengefasst ein „Tut mir Leid“ stand. Daraufhin folgten noch ein paar wenige Anrufe, bevor der Kontakt ganz abbrach. Nun weiß ich nicht einmal, wo er wohnt.

Und plötzlich landet ein Geldkuvert im Briefkasten, als ob es ganz natürlich sei, seinem Sohn eben kurz eine Freude zu machen.

Ich bin sprachlos. Anstatt mich über ein Lebenszeichen meines Vaters zu freuen, kommt eine unsagbare Wut von unten in mir hochgekrochen. Was glaubt er eigentlich?

Meine Mutter schweigt betroffen und hält sich an ihrer Zigarettenschachtel fest. Dann steht sie auf, geht hinüber in ihr Schlafzimmer und schließt die Tür.

„Ma?“ Keine Antwort.

„Scheiße,“ ich trete gegen die Heizung.

Warum muss ausgerechnet heute Abend so ein unsinniger Brief die Stimmung verderben? Er wühlt doch nur wieder in alten Wunden, und an die Ausmaße darf ich gar nicht denken. Nachdem ich die Küche aufgeräumt habe, klopfe ich vorsichtig an ihre verschlossene Tür.

Von der anderen Seite ertönt ein hektisches Räumen, und ich meine auch, das leise Klirren einer Flasche zu hören.

„Komm rein!“

Ich trete in ihr Schlafzimmer und werde von einer schneidenden Qualmwolke umhüllt.

Meine Mutter sitzt ungewöhnlich gerade auf dem Bett, als ob sie etwas zu verheimlichen hätte.

„Ich lege mich jetzt schlafen," lächelt sie unecht. „Ich bin sehr müde." In ihrem Blick ist wieder dieses Sonderbare, dieser unbeschreibliche Ausdruck.

Sie streckt mir ihre Arme entgegen, die mich auffordern, sie zu drücken.

Doch ich bin wie gelähmt, meine Füße scheinen am Boden angewurzelt. Für wie blöd hältst du mich eigentlich? Warum kannst du nicht einmal ehrlich sein?

Ich drehe mich auf dem Absatz um und trotte in mein Zimmer, wo ich mir meine Turnschuhe anziehe. Ich verspüre das dringende Bedürfnis, joggen zu gehen. Den verdammten Geldschein stecke ich in meine Hosentasche.

3. Kapitel

Die frische Luft tut mir gut. Ziellos laufe ich durch die Stadt, vorangetrieben von meiner innerlichen Rage. Der Abend hätte anders enden können, ich war mir bis vorhin auch sicher gewesen, wie er enden würde.

Aber das Joggen befreit, es ist zu einem hilfreichen Ventil geworden, auch wenn es mir manchmal so vorkommt, als liefe ich vor etwas davon, aber das ist in solchen Momenten zweitrangig.

Manchmal sprinte ich ein längeres Stück, renne so schnell ich kann bis zum Rande der Erschöpfung, dann folgt wieder eine erholsame Schrittpause. Das eigene Tempo bestimmen um vorwärts zu kommen, das ist wichtig.

In der Altstadt entdecke ich in einer überdachten Einfahrt einen verwahrlosten Mann, zusammenkauernd umgeben von einem Berg Tüten und Decken. Er nagt an einem alten Stück Brot.

Ich bleibe wie gebannt vor ihm stehen, in meinem Hirn rattert und klingelt es, und wie fremdgesteuert greife ich in meine Hosentasche und fingere nach dem 50-Euro-Schein. Ohne ein Wort über die Lippen zu bringen, reiche ich dem verdutzten Mann das Geld und jogge weiter. Trotz der ungläubigen Blicke, die ich auf dem Rücken verspüre, drehe ich mich nicht mehr um.

Eine Last ist von mir abgefallen, endlich ist dieses verdammte Geld weg. Keinen Cent hätte ich davon ausgeben können. Diese Verlogenheit auszuhalten, wäre undenkbar gewesen. Dass viele Menschen einfach glauben, mit Geld könne man das schlechte Gewissen beschwichtigen, oder schlimmer noch, gewisse Verhaltensweisen entschuldigen. Der Gedanke daran widert mich an. Ich wäre um fünfzig Euro reicher gewesen, aber der Preis dafür ist eine Mutter zu Hause sitzen zu haben, die sich in Anbetracht dieser Tatsache in noch tiefere Abgründe stürzt, weil in Erinnerungen gerührt wurde.

Und dabei gebe ich mir die größte Mühe das Thema „Vater“ nicht aufzugreifen und bei jedem Wörtchen aufzupassen, nichts Verkehrtes zu sagen.

Und dann kommt so ein Brief daher und bringt das ganze Kartenhaus zum Einsturz. Außerdem, was fällt ihm ein, von sich hören zu lassen, nach der langen Pause.

Erneut baut sich Zorn in mir auf, ich beschleunige die Schritte, und schlage den Weg Richtung Stadtpark ein.

Wenigstens ist das Geld jetzt an einem Platz, an dem es mehr gebraucht wird. Für diesen Obdachlosen fällt dadurch wahrscheinlich heute Geburtstag und Weihnachten auf einen Tag.

Alles hat sein Gutes, würde Gesa jetzt sagen.

Es dämmert schon leicht, als ich den Park erreiche. Er ist so gut wie leer. Ich beschließe, die große Runde zu nehmen, und mich im Anschluss auf den Heimweg zu machen, auch wenn es mir davor graut.

Allmählich macht sich Müdigkeit in meinen Knochen bemerkbar, und in meinem Kopf ist weitgehend Ruhe eingekehrt.

Ich lehne mich an den Stamm einer alten Eiche, um kurz zu verschnaufen. Das T-Shirt klebt vor Schweiß an meinem Rücken, ich schließe die Augen und atme die kühle Abendluft ein. „Hallo, David!“ Eine zarte nicht unbekannte Stimme schwingt in meinem Ohr. Erschrocken fahre ich herum. Und dort steht Sheila, nur ein paar Meter von mir entfernt.

„Was machst du denn noch um diese Zeit im Park?“ fragt sie mich erstaunt und gleichzeitig freudig. Ihr Kopf ist wieder gekonnt mit einem Schal umbunden, dieses Mal allerdings in einer anderen Farbe. Das tiefe Weinrot passt zu ihren großen Augen. Sie trägt eine weite beige Sommerhose, dazu ein leichtes Trägerhemd.

„Das gleiche könnte ich dich fragen, du scheinst wohl hier zu wohnen, was,“ erwidere ich grinsend. Ich wische mit einem Zipfel meines T-Shirts über die Stirn.

„So kann man es auch nennen.“ Eine kurze Pause entsteht. „Ich mache eigentlich jeden Abend noch einen Spaziergang, auch wenn es nicht gerne gesehen wird. Aber das lasse ich mir nicht verbieten.“ Ohne es zu wissen, bestätigt sie meine Vorahnung, die am Mittag in mir aufgekommen war.

Wir gehen ein paar Schritte gemeinsam. Sheila hält ihre dünnen Arme verschränkt vor sich, auf denen sich eine leichte Gänsehaut bildet. Wir unterhalten uns über banale Dinge, über die Bäume im Park und den herumliegenden Abfall, nur von uns erzählen wir nichts. Meine Sorgen behalte ich für mich, und auch Sheila lässt kein Wort von ihrer Herkunft über die Lippen. Mir scheint es schon beinahe so, als sei sie gar nicht von dieser Welt. Das Mädchen vom Park.

Trotz der oberflächlichen Gespräche ist es mir, als ob wir uns schon seit einer Ewigkeit kennen. Zwischen uns ist nichts Fremdes. Wie zwei alte Schulfreunde spazieren wir durch die Dämmerung.

Irgendwann erreichen wir wieder die Eiche, mittlerweile ist es dunkel. Ich kann kaum glauben, wie schnell die Zeit vergangen ist. Wir sind doch glatt einmal um den Park gelaufen. „Ich muss jetzt mal wieder los," sagt Sheila, schaut auf ihre Armbanduhr und stellt mit Erschrecken fest: „Schon so spät?" Es ist kurz nach zehn.

Während ich mir Sheila genauer betrachte, kann ich mir meine Frage, die mir schon die ganze Zeit auf der Seele brannte, nicht mehr verkneifen.

„Bist du momentan in dieser Klinik?" platzt es aus mir heraus in der Hoffnung, eine ehrliche Antwort zu erhalten, und gleichzeitig nicht aufdringlich gewesen zu sein. Ich zeige mit dem Finger auf das große Gebäude, das sich hinter den Bäumen verbirgt. Ein prüfendes Runzeln zieht sich durch ihre Stirn, sie scharrt schweigend eine kleine Kuhle in den Kiesweg, dann nickt sie. Sie blickt auf und lächelt. „Aber nicht mehr lang."

Ich lächle zurück und sofort kommen weitere Fragen in mir hoch, doch ich entscheide, sie besser für mich zu behalten. Schließlich möchte ich nicht zu neugierig sein. „Aber du bist heute auch bedrückt, stimmt's?" setzt sie sogleich forschend zum Gegenzug an. Überrascht von ihrer Aussage, zucke ich nur mit den Schultern. Woran macht sie das fest? Wir haben uns schließlich erst zweimal per Zufall getroffen.

„Das Joggen laugt ganz schön aus, danach sieht man nicht mehr taufrisch aus," weiche ich scherzhaft ihrer Feststellung aus. „Aber ansonsten geht es mir gut," lüge ich und hoffe, dass sie diese Lüge nicht bemerkt, doch meine innere Stimme sagt mir, dass Sheila sich nichts vormachen lässt.

„Es tut mir Leid, aber ich muss jetzt los!" Plötzlich wirkt sie gehetzt. „Sie suchen mich sonst!"

Wir verabschieden uns schnell, und Sheila entschwindet hastig in den Büschen. Ich sehe ihr noch eine Weile nach und versuche dabei herauszufinden, was in mir vorgeht. Die Begegnung mit Sheila ist nichts Gewöhnliches, sie hat etwas Geheimnisvolles und Mystisches. Ich meine, eine tiefe Verbundenheit zu Sheila zu spüren, vielleicht ist es das, was man unter Seelenverwandtschaft versteht. Aber gibt es das, auch wenn man sich überhaupt nicht kennt? Bisher habe ich nie daran geglaubt, nicht einmal an die Liebe auf den ersten Blick.

Als Verliebtheit kann man das Gefühl in mir auch nicht bezeichnen. Es ist anders, es ist etwas Neues. Ich habe nur die Vorahnung, dass Sheila in meinem Leben noch eine entscheidende Rolle spielen wird.

Verwirrt gehe ich nach Hause.

Meine Mutter scheint schon zu schlafen, die Wohnung ist dunkel und still. Auf leisen Sohlen schleiche ich ins Bad. Während ich mir die Zähne putze, klingelt das Telefon. Wer ruft um diese Uhrzeit noch an? Ich spucke die Zahnpasta ins Waschbecken und eile hinüber in die Küche, aus Angst, meine Mutter könnte vom Klingeln geweckt werden.

„Ja?“ melde ich mich kurz. Ich habe jetzt nicht die geringste Lust zu telefonieren. „Sag mal hast du ein Rad ab?“ ertönt es am anderen Ende der Leitung. Ich verschlucke mich an meinem eigenen Speichel und muss fürchterlich husten. Das stört meinen Gesprächspartner offenbar nicht.

„Wo warst du heute?“ werde ich angeraunzt.

Da fällt mir siedend heiß ein, dass heute Abend Bandprobe gewesen war. Ich hatte es völlig vergessen. Marco ist dementsprechend stocksauer.

„Ich versuche dich seit Stunden zu erreichen, es hat niemand abgehoben. In drei Wochen ist unser Konzert,“ wütet er. „Du denkst wohl, du bräuchtest nicht mehr zu proben, was? Du hättest wenigstens absagen können, anstatt uns einfach so hängen zu lassen.“ Während Marco seinen Anfall auslebt, halte ich demonstrativ den Hörer einen halben Meter vom Ohr entfernt. Mein Hals brennt noch immer und ich befürchte, außer einem heiseren Krächzen keinen Ton herauszubringen.

Zwar kann ich Marcos Wut gut verstehen, dennoch bin ich zu ausgepowert, um mich mit ihm und dieser Situation jetzt richtig auseinander zu setzen.

„Es tut mir wirklich Leid, aber ich habe es einfach vergessen," versuche ich diese lächerliche Entschuldigung herüber zu bringen.

„Alter, was ist los? Warum vergisst du die Probe? Das sind wir von dir gar nicht gewöhnt." Marco ist nun ein wenig ruhiger.

„Ich hatte Stress hier," stammle ich.

„Ist deine Olle wieder durchgedreht?"

Gezwungenermaßen hat er solch beschämende Momente nicht selten miterlebt, sei es am Telefon oder bei abendlichen Treffen. Trotzdem ist Marco niemand, mit dem ich darüber sprechen könnte. Er würde es nicht verstehen, und sonderlich daran interessiert wäre er wahrscheinlich auch nicht.

Auch wenn man uns eigentlich als beste Freunde bezeichnen würde.

„Nächstes Mal komme ich bestimmt" beschwichtige ich ihn, und hoffe, dass das Problem nun aus der Welt geschafft ist.

„Die anderen sind stinksauer"' brummt er.

Ich verdrehe die Augen und stöhne genervt. Das kann ich nun auch nicht ändern.

„Samstag ist die nächste Probe, wir erwarten, dass du kommst, sonst müssen wir uns einen neuen Sänger suchen."

Das müsst ihr ab September, wenn ich München zu studieren anfange, sowieso, denke ich gleichgültig, und erschrecke gleichzeitig über meine eigenen Gedankengänge. „Ich komme ganz bestimmt," verspreche ich, bevor wir das Telefonat beenden.

Als ich im Bett liege, bin ich plötzlich wieder hellwach. Die bleierne Müdigkeit ist weggeblasen. Die Ereignisse des heutigen Tages schwirren wie tausend Hummeln in meinem Kopf herum. Der Brief meines Vaters, die Bekanntschaft mit Sheila, die Unwichtigkeit der Band. Das alles saust durch mein Gehirn. Es ist, als ob sich irgend etwas in meinem Leben verändert hätte. Ich weiß nur nicht was, es ist nicht direkt greifbar. Vielleicht war auch alles nur ein bisschen viel.

Unruhig wälze ich mich auf der Matratze hin und her und achte dabei auf jedes kleinste Geräusch. Schläft meine Mutter? Warum hatte sie nicht das Telefon abgenommen, als Marco mehrere Male angerufen hatte? Ist sie überhaupt zu Hause?

Es lässt mir keine Ruhe, ich muss aufstehen um nachzusehen, ob alles in Ordnung ist. Vorsichtig knipse ich meine Nachttischlampe an und schlage meine Decke zurück. Möglichst leise tappe ich über den Flur und öffne beinahe lautlos die Tür zu ihrem Zimmer. Im Dunkeln taste ich mich an ihr Bett.

Der Lichtschein im Flur zeigt ihre Umrisse. Ich gehe vor ihr in die Hocke und lausche ihrem Atem. Laut und in regelmäßigen Zügen nehme ich ihn wahr.

Eine große Erleichterung geht durch meinen Körper. Vielleicht hatte sie der Brief doch nicht so aufgeregt, wie ich befürchtet hatte. Vielleicht war es einfach nur ein kurzer Schock, und morgen ist alles wieder beim Alten.

„Schlaf gut“, flüstere ich und streichle ihr noch einmal kurz über das Haar.

4. Kapitel

Das Wartezimmer der radiologischen Abteilung im Krankenhaus ist überfüllt. Gesa und ich sitzen seit knapp einer Stunde hier und es geht einfach nicht voran.

Vor einigen Tagen hat Gesas rechtes Knie angefangen zu schmerzen und ich bin beauftragt worden, sie zur Untersuchung zu begleiten. Normalerweise hätte es mir nichts ausgemacht, aber wenn ich diese Scharen von Patienten betrachte, die noch vor uns sind, vergeht mir die Lust. Es kann sich nur noch um Stunden handeln. Einige Patienten sind mit Morgenmantel und Trainingsanzug bekleidet, andere wiederum tragen einen Tropf mit sich. Wenigstens ist die Luft in diesem Raum im Vergleich zu draußen angenehm kühl. Gelangweilt blättere ich in abgegriffenen Zeitschriften, überfliege unwichtige Schlagzeilen und blicke automatisch auf, wenn sich die Tür zum Behandlungsraum öffnet. „Der Nächste bitte," ruft eine junge Arzthelferin, und aus der letzten Ecke des Wartezimmers erhebt sich beschwerlich eine junge Frau mit Krücken. Langsam und noch unsicher mit den Gehhilfen humpelt sie auf die freundliche Arzthelferin zu.

Plötzlich und aus unerklärlichen Gründen muss ich an Sheila denken. Seit unserem Abendspaziergang vergangene Woche haben wir uns nicht mehr gesehen. Dabei war ich so gut wie jeden Tag im Park gewesen, sei es bei den Spaziergängen mit Gesa und Pumpernickel oder zum Joggen. Doch von Sheila fehlte jede Spur.

Ihr Satz, den sie an jenem Abend äußerte, dass sie nicht mehr lange in der Klinik sei, geht mir nicht mehr aus dem Kopf. Wie meinte sie das? War sie vielleicht schon entlassen? Oder hatten wir uns ganz einfach nur in den Zeiten verfehlt?

Mein Verstand sagt mir außerdem, dass Sheila sicher nicht in stationärer Behandlung ist, um den ganzen Tag im Park zu verbringen. Auch wenn wir uns erst zwei Male per Zufall getroffen haben und eigentlich nichts voneinander wissen, vermisse ich sie merkwürdigerweise.

Da stellt sich mir die Frage, wie kann man einen Menschen vermissen, den man gar nicht kennt? Was spielt sich in solchen Momenten im Gehirn ab?

Gesa reißt mich aus meinen Gedanken, indem sie mich leicht in die Seite boxt.

„Komm, wir gehen wieder," flüstert sie hinter vorgehaltener Hand. „Ich weiß, dass mein Knie von Arthrose befallen ist, dafür brauche ich keinen Arzt." In Gesas Worten schwingen kindlicher Trotz und Ungeduld mit, unruhig rutscht sie auf ihrem Stuhl hin und her. Liebend gerne würde ich ihr zustimmen, den Gehwagen vor der Tür holen und diesem nervtötenden Warten ein Ende bereiten. Doch die Vernunft zwingt mich zum Bleiben, zumal ich Ärger mit der Dienststelle bekäme.

„Es dauert nicht mehr lang, wir sind gleich an der Reihe"' versuche ich sie zu trösten und vergesse dabei ganz, dass ich es bei Gesa nicht mit einem kleinen Mädchen zu tun habe. Sie schenkt mir ein spöttisches Nicken, bevor sie sich wieder von mir abwendet und in ein übellauniges Schweigen versinkt.

Mit einem Seufzer werfe ich einen Blick auf die Uhr und beschließe, um die Wartezeit zu verkürzen, mir einen Kaffee in der Cafeteria vorne in der Halle zu holen.

Die Frage, ob ich Gesa einen mitbringen soll, verneint sie.

Also ziehe ich los, und bin froh darüber, mir ein wenig die Beine vertreten zu können.

„Zucker und Milch stehen da drüben," erklärt mir die dicke Frau hinter der Theke nicht gerade freundlich und deutet mir ihrem wurstigen Zeigefinger auf einen kleinen Tisch inmitten der Sitzgruppen.

Ich murmle ein Dankeschön und balanciere den beinahe überlaufenden Kaffeebecher zwischen den Stühlen entlang. Vorsichtig trinke ich einen winzigen Schluck von dem heißen Getränk ab, damit überhaupt ein Tropfen Milch hineinpasst.

Währenddessen werde ich unfreiwillig Zeuge einer lautstarken Diskussion, die sich ein paar Tische weiter, halb hinter einem Gummibaum versteckt, abspielt.

Ich verstehe hauptsächlich nur die Wortfetzen einer älteren tiefen Damenstimme, die offenbar bestimmt und dominant auf ihr Gegenüber einredet.

„Du musst es tun ... ich bestehe darauf ... und dein Vater auch.“ Auch wenn die Sätze für mich völlig ohne Zusammenhang sind, ist mir die Stimme auf Anhieb unsympathisch.

Als ich mich mit meinem Kaffee wieder auf den Weg Richtung Radiologie machen will, entgeht mir nicht das abrupte Wegrücken eines Stuhles und ein wütendes „... mir reicht es“. Zu meiner Überraschung kommt Sheila hinter dem Gummibaum hervor, und bei ihrem Anblick fährt mir ein ungeheurer Schrecken in die Glieder.

„Wie oft habe ich dir schon gesagt, dass du dein Kopftuch aufziehen sollst“, ruft die strenge Stimme hinter ihr her. Sheila reagiert nicht darauf.

Ich weiß nicht, was mich innerlich mehr zum Erstarren bringt, ihr haarloser Schädel, den ich zwar vermutet hatte, die Vorstellung davon ich allerdings nicht zu nah an mich heran lassen wollte, oder ihre durch Tränen glasigen Augen. Gerade, als sie an mir vorbeirauschen möchte, entdeckt sie mich und hält kurz inne. Ein kaum erkennbares Zucken geht durch ihren dünnen Körper, durch den Körper, der ohne Haare noch zerbrechlicher wirkt.

Sie sieht mich an, streicht sich verlegen über den Kopf und anschließend über die Augen. Sie lächelt – wie immer.

Ich bin unfähig, ein Wort herauszubringen, gleichzeitig beschämt, diese unangenehme Situation zwischen Sheila und dieser Frau, die offenbar ihre Mutter ist, am Rande mitbekommen zu haben. Außerdem habe ich Angst, etwas Unpassendes zu sagen. „Hey,“ begrüßt sie mich, „wie geht' s?“ Das gleiche Strahlen wie bisher.

„Gut, und dir?“ erwidere ich hilflos und ärgere mich schon über meine blöde Antwort, kaum dass ich sie ausgesprochen habe. Ist doch offensichtlich, dass Sheila nicht auf Hochtouren ist.

„Geht so,“ sagt sie tapfer.

„Lange nicht mehr gesehen,“ meine ich und könnte mich ohrfeigen für mein oberflächliches Gerede.

Sheila schaut sich ängstlich nach dem Tisch um, an dem sie bis eben gesessen hafte, doch die Frau scheint sich noch nicht von ihrem Platz erhoben zu haben.

„Ich muss mal kurz an die frische Luft, kommst du mit?“ Ohne einen möglichen Einwand meinerseits abzuwarten, läuft sie zügig los.

Ich nehme noch einen kleinen Schluck von meinem Kaffee, stelle den fast vollen Becher zurück auf die Theke, auf das verwunderte Gesicht der unfreundlichen Verkäuferin achte ich erst gar nicht und folge Sheila zu der großen Glastür, die hinaus in den Klinikgarten führt. Gesa, die in der Radiologie ausharrt, habe ich vergessen.

Kaum sind wir draußen, erschlägt mich die feuchte Hitze. Es herrscht ein Klima wie in den tiefsten Tropen. Ich binde meine Haare zu einem Zopf zusammen.

„Ich muss vor meiner Mutter fliehen,“ schnaubt Sheila, halb belustigt, halb gequält. „Die hat sie echt nicht mehr alle,“ schimpft sie und ballt unweigerlich die Hände zu Fäusten, während wir durch den gepflegten Garten spazieren.

„Habt ihr euch gestritten?“

Sheila bleibt stehen. „Hast du das denn nicht mitbekommen? Meine Mutter hat doch in einer Lautstärke geredet, dass es mit Sicherheit noch die Gynäkologie im letzten Stock mithören konnte.“ Sie holt kurz Luft, bevor sie weiterschimpft.

„Über was habt ihr denn gestritten?“ frage ich vorsichtig nach.

Sheila winkt hektisch ab, beginnt dann aber doch zu erzählen.

„Ich meine, dass ich nicht gesund bin, kann man ja sehen, oder?“ Sie zeigt unwirsch auf ihren Kopf. Sie sagt es in einer Art, dass ich schon beinahe lachen muss. Sie redet, als ob es das Normalste auf der Welt sei, krank zu sein. Vielleicht ist sie auch einfach schon zu lange krank, um das Gefühl von Gesundheit noch zu kennen.

„Der Krebs gehört seit Jahren zu meinem Leben, ich kenne es gar nicht mehr anders.“ Ich kann nicht beurteilen, ob Sheilas Unbekümmertheit echt ist, oder durch eine auferlegte Maske verdeckt wird.

„Manchmal muss man unangenehme Dinge annehmen, um mit ihnen leben zu können,“ fügt sie hinzu. „Und meine Eltern scheinen immer nur das Beste für mich zu wollen.“ Sie lacht leise auf.

„Aber an mich, und an das, was *ich* will, denken sie nicht.“

„Was willst du denn?" hake ich behutsam nach.

„Ich möchte nach Hause."

„Darfst du nicht zwischendurch mal heim?"

Sheila sieht mir fest in die Augen. „Ich möchte *richtig* nach Hause."

Einen Moment lang laufen wir still nebeneinander her, und ich gebe mir Mühe, den eigentlichen Sinn ihrer Aussage zu verstehen.

„Vielleicht wirst du bald gesund sein!" Ich Hornochse, warum rede ich heute nur so einen gesammelten Mist!?

„Ja, vielleicht," antwortet Sheila abwesend.

„Meine Eltern wollen meine Entscheidung nicht akzeptieren." Plötzlich umhüllt sie eine tiefe Traurigkeit, ich glaube, sie hat Mühe, ihre Tränen zurückzuhalten. Am liebsten würde ich sie jetzt in die Arme nehmen.

„Sie haben wahrscheinlich Angst, dass du aufgibst," versuche ich das Unverständnis ihrer Eltern Sheila gegenüber zu entwaffnen.

„Das hat nichts mit Aufgeben zu tun," erwidert sie. „Es hat etwas mit Leben zu tun. Ich hatte mir schon genau vorgenommen, was ich alles tun werde, wenn ich erst einmal entlassen bin. Ich habe noch so viele Träume."

Ich bin so ins Zuhören versunken, dass ich die Patienten um uns herum gar nicht wahrnehme. „Auch wenn die Zeit vielleicht nur kurz sein wird," flüstert Sheila, und ich vermute, dass es eher ein laut gedachter Gedanke ist.

„Aber was soll's, das Leben geht ja bekanntlich weiter. Doch jetzt muss ich hoch, um meine Medikamente einzunehmen!" Die nach außen sichtbare Traurigkeit ist mit einem Male verschwunden. Das sonnige Strahlen in Sheilas Gesicht nimmt wieder Überhand. Ich bin ein wenig erschüttert über ihren plötzlichen Stimmungswechsel und ihren abrupten Aufbruch, halte es jedoch für unangebracht, sie zum Bleiben zu bitten.

„Aber wie wäre es, wenn wir uns heute Abend im Park treffen würden?" fragt sie überraschend.

Mit einem schlechten Gewissen eile ich zurück in die Radiologie, ich war bestimmt eine Stunde fort.

Das Wartezimmer ist noch immer überfüllt, doch von Gesa ist weit und breit nichts zu sehen. Auf meiner Stirn bilden sich

Schweißperlen. Sie wird doch nicht schon allein nach Hause gegangen sein? Nicht auszudenken.

Ich erkundige mich bei der Anmeldung nach ihr, doch bevor die sympathische Arzthelferin mir Auskunft geben kann, kommt Gesa aus einer der Türen. Mir fällt ein Stein vom Herzen. Der Arzt, ein großer schwerer Mann, führt sie hinaus und ist noch in eine Unterhaltung mit ihr vertieft. Er umfasst ihre Schultern.

Nachdem die beiden ihr Gespräch beendet haben, kommt Gesa mit einem schelmischen Grinsen auf mich zu. „Was habe ich gesagt? Es ist die Arthrose. Wenn die glauben, ich würde meinen eigenen Körper nicht kennen, haben sie sich getäuscht! Und dafür mussten wir so lange warten." Sie seufzt theatralisch und hakt sich bei mir ein. „Und du? Hast du Sheila getroffen?" Ihr Grinsen verrät mir ihr hellseherisches Wissen, und ich kann mir ein Lachen nicht verkneifen.

Gesa nickt zufrieden. „Das habe ich mir schon nach den ersten zehn Minuten gedacht. Was meinst du, wenn du mir einen Kaffee mitgebracht hättest, der wäre jetzt kalt gewesen. Aber ich habe für frisch Verliebte vollstes Verständnis."

„Ich bin nicht verliebt," verteidige ich mich und schüttle den Kopf. Verliebtsein ist dafür wirklich der verkehrte Ausdruck.

„Ja ja"' sagt Gesa daraufhin nur, und ich gehe auch nicht weiter auf das Thema ein. Gesa versteht eben nicht alles. Wahrscheinlich liegt es an ihrer Generation, dass eine einfache platonische Freundschaft zwischen Männern und Frauen ein Unding ist, eine solche Konstellation war früher scheinbar undenkbar. Ich unterlasse es auch, Gesa vom Gegenteil zu überzeugen, ich denke, man sollte manches Mal den Leuten nicht ihre gewohnten und eingefahrenen Illusionen nehmen.

„Eine Freundschaft zwischen Mann und Frau gibt es nicht. Lass dir das von einer alten Dame wie mir sagen," bestätigt sie humorvoll meine Ahnung. „Man wünscht es sich vielleicht, um Gefühle nicht zulassen zu müssen. So schön die Liebe ist, genauso kann sie zum Verhängnis führen. Und um das zu verhindern, einigt man sich lieber auf eine Freundschaft und bemerkt dabei gar nicht, dass man sich im Grunde nur selbst belügt."

Ich kann Gesas Einstellung absolut nicht nachvollziehen, doch ich befürchte, eine endlose Diskussion ohne Ausgang zu starten, wenn ich jetzt meine Meinung dazu äußere. Diskussionen mit Gesa sind sonst immer sehr aufschlussreich und interessant, doch in diesem Falle ist es besser meine Gedankenblasen für mich zu behalten, vielleicht auch aus Angst, sie könnten zerplatzen. Ich möchte Gesa ihre Illusionen nicht nehmen, und ich möchte mir meine nicht nehmen lassen.

Viel mehr freue ich mich auf die Verabredung mit Sheila heute Abend. Dann können wir uns mal in Ruhe unterhalten. Ich würde so gerne mehr von ihr erfahren.

Als ich Gesa die Haustür aufschließe, bringt sich Pumpernickel bald um vor Freude. Ächzend beugt sie sich zu ihm hinunter. Dann führe ich sie zu ihrem Ohrensessel. „So Gesa, wir sehen uns morgen früh um dieselbe Zeit! Und schonen Sie ihr Knie!" Ich hebe scherzhaft den Finger.

„Und du, David, pass auf dich auf!" sagt sie in vollem Ernst.

Ich winke ihr noch zum Abschied und denke mir nichts bei ihren Worten.

5. Kapitel

Froh über die friedliche und harmlose Stille in unserer Wohnung und erleichtert, meine Mutter in der Nachtschicht zu wissen, wo es unmöglich ist, an Dummheiten nur zu denken, stelle ich mich unter die Dusche, um mich anschließend umzuziehen und zur Bandprobe zu fahren.

Wenn meine Mutter bei der Arbeit ist, kann ich ganz sicher davon ausgehen, dass sie keine Abstürze erlebt. Es beruhigt mich jedes Mal, wenn sie früh abends die Wohnung verlässt und erst am nächsten Morgen nach Hause kommt. Ich klammere mich an diese Nächte, in denen ich weiß, dass sie gut aufgehoben ist, dass der Job ihre Abstürze verhindert oder sie zumindest im Rahmen des Erträglichen hält. In solchen Nachtschichtphasen kann ich aufatmen und muss mir nicht allzu viele Sorgen machen.

Die Wohnung ist heute in einem ordentlichen Zustand und gut gelaunt streife ich meine alte Lieblingsschlaghose über und freue mich auf den bevorstehenden Abend. Dieser verspricht einfach nur problemlos und ungetrübt zu werden. Ich bin mal wieder mit meinen Gedanken bei mir selbst und freue mich auf das, was ansteht.

Innerlich jubele ich und bedauere gleichzeitig, es nicht äußerlich zu tun. Doch immerhin hole ich pfeifend meine Gitarre unter der Garderobe im Flur hervor und mache mich mit dem Rad auf den Weg zur Bandprobe. Bandprobe ist vielleicht zu viel gesagt, wir besprechen heute nur den baldigen Auftritt. Es wird nicht lange dauern, es wird nur kurz das Programm und die Organisation durchgegangen. Und dann werde ich auf das anschließende Zusammensitzen verzichten und zu Sheila in den Park fahren. Auch auf die Gefahr hin, dass die anderen mein schnelles Abhauen nicht gut finden werden. Aber das Leben besteht nicht nur aus der Band, jedenfalls meines nicht.

Wir proben immer in dem Keller einer alten Schule, die schon seit Jahren ausgedient hat. In den ehemaligen Klassenräumen findet nur noch Musikunterricht für Kinder statt. Da diese Schule abseits auf einem kleine Hügel liegt, gibt es somit keine unmittelbaren Nachbarn, und wir stören mit unserer lauten Musik niemanden. Oft schon konnten wir ohne jegliches schlechte Gewissen bis in die frühen Morgenstunden spielen.

Die Kellertür steht offen, als ich auf dem knirschendem Sandweg um das alte Mauerwerk herumfahre. Ich lehne mein Rad an die Hauswand und steige die unebenen und abgetretenen Treppenstufen hinunter. Wie immer kommt mir der modrige Kellergeruch entgegen, der zur Bandprobe gehört wie meine Gitarre. Der Raum ist groß und die niedrige Decke verleiht ihm eine erdrückende, aber auch gemütliche Atmosphäre. An den Wänden hängen Poster von verschiedenen Metal-Gruppen und die kahlen Mauerstellen sind kunstvoll mit Graffiti besprüht.

Die vier Jungs warten bereits auf den abgewetzten Sofas in der Sitzecke auf mich. „Na endlich, dann können wir ja anfangen," begrüßt mich Marco und sortiert einen Stapel Blätter vor sich. Ich ärgere mich schon wieder über seinen bestimmenden Ton. Er hat sich selbst zum Chef der Band genannt. Es scheint nichts anderes in seinem Leben zu geben, als diese Band. Ich bemitleide ihn fast.

„Hallo, erst mal," antworte ich mit einem breitem Grinsen und setze mich neben Finn, dem Drummer. Der wiederum grinst zurück.

Kaum sitze ich, beginnt Marco mit seinen Vorschlägen. Er zeigt uns die Werbeplakate und Flyer und berichtet von dem Gespräch mit dem Bürgermeister.

Unterdessen reicht mir Finn eine Flasche Bier, die ich dankend ablehne. Ich habe eine tiefe Abneigung gegen Alkohol.

Während Marco wie ein Wasserfall redet, kann ich seinen Eifer und seine Aufregung spüren. Seine Augen leuchten wie selten. Er ist wirklich ein Organisationstalent, das muss man ihm lassen. Er hat unser Konzert bis ins kleinste Detail geplant, mit den Ämtern gesprochen und sogar die Presse informiert. Der Stolz in seiner Stimme ist nicht zu überhören.

Er ist mit Leib und Seele bei der Sache und ich wünschte, ich wäre es auch. Alle lauschen gebannt seinen Worten, geben ihre Vorschläge zu einem gelungenem Auftritt ab und diskutieren, wie sie das Publikum begeistern könnten.

Nur ich ertappe mich immer wieder dabei, wie ich mit meinen Gedanken abschweife, so dass wichtige Gespräche zu einem Blabla in meinen Ohren wird.

Was ist nur los mit mir? Der Tag, den die Band, und vor allem ich, so lange herbei gesehnt haben, rückt nun immer näher, und um so gegenwärtiger er erscheint, desto unbedeutender wird er für mich. Im Stillen schäme ich mich dafür. Um meine Gewissensbisse abzuschwächen stelle ich ein paar Fragen, die wenigstens ein bisschen interessiert klingen. Marcos skeptische Blicke bezüglich meiner banalen Äußerungen irritieren mich, ich fühle mich durchschaut. Dafür kennen wir uns zu lange, dass er sich was vormachen ließe. Schließlich sind und waren wir immer beste Freunde, seit der Grundschule.

Ich könnte mich in den Hintern treten für meine Ignoranz und für die plötzlich aufkommende Gleichgültigkeit der Gruppe gegenüber.

Im selben Atemzug schiebe ich es auf den Abschied, der aufgrund meines beginnenden Studiums nicht mehr allzu weit entfernt ist. Vielleicht ist dieses Desinteresse ein Selbstschutz, um den Abschiedsschmerz besser verarbeiten zu können. Vielleicht ist es aber auch nur eine vorübergehende Phase.

„So, das wäre es fürs erste," sagt Marco abschließend und räumt die Unterlagen ordentlich in seine Mappe. Alle nicken zufrieden.

Das ist das Zeichen für meinen Aufbruch.

„Jungs, ich verlasse euch heute schon früher. Ich muss noch weg", winke ich in die Runde. Die verwirrten Gesichter versuche ich zu ignorieren.

„Morgen Abend um acht wieder hier, okay?" erinnert mich Marco an die nächste Probe, damit ich sie auch bloß nicht wieder vergesse.

„Alles klar, bis morgen." Ich schwinge mir meine Gitarre, die auch zu Hause hätte bleiben können, über den Rücken und eile aus dem Kellerraum.

Gerade, als ich im Begriff bin, mich mit dem Rad davon zu machen, höre ich Marco nach meinem Namen rufen.

„David, warte mal!"

Ich breche meine Fahrt ab und drehe mich um. Marco kommt mit langsamen Schritten auf mich zu. „Hey, Kumpel, was ist eigentlich los mit dir?" fragt er in freundschaftlichem Ton. Seine Augen sind forschend.

„Was soll denn los mit mir sein?" Auch wenn mir seine Vorahnung bewusst war, bin ich dennoch über seine Frage verblüfft.

„Neulich hast du die Probe vergessen, heute haust du gleich nach der Besprechung ab, das kennen wir gar nicht von dir."

„Ich habe momentan ein wenig Stress, das hatte ich aber schon am Telefon angedeutet, wenn du dich erinnerst."

„Du lässt uns aber nicht im Stich, oder?" Betreten und beinahe ängstlich wischt er nicht vorhandenen Staub von meiner Lenkstange.

Beruhigend lege ich ihm eine Hand auf seine Schulter. „Solange ich noch hier bin auf keinen Fall. Doch ab September müsst ihr euch wohl oder übel einen neuen Sänger suchen. Aber zuerst steht das Konzert an und ich bin mir sicher, dass wir unser Bestes geben werden."

„Vor allem dein neuer Song wird der Hit." Marco lächelt anerkennend und wir schlagen kameradschaftlich die Hände zusammen.

„Bis morgen," verabschiede ich mich ein zweites Mal und fahre los. „David, wenn du jemanden zum Reden brauchst, ruf an!"

Dieser Satz verrät mir, welche Bedeutung er unserer Freundschaft beimisst. Ich freue mich über seine Äußerung, bezweifle allerdings, ob ich sein Angebot annehmen werde. Er würde mich nicht verstehen, dazu leben wir in zu unterschiedlichen Welten. Früher, als wir noch gemeinsam die Schulbank drückten und jeden Tag nach neuen jungenhaften Abenteuern suchten, konnten wir über Probleme reden. Damals waren es auch noch ganz andere ‚Probleme'.

Als die alte Schule hinter mir immer weiter in die Ferne rückt, werfe ich intuitiv noch einen kurzen Blick zurück. Dort steht Marco noch immer an derselben Stelle. Und ich fühle mich wie das letzte Kameradenschwein.

„Du spielst Gitarre?"

„Ja," antworte ich und mache es mir auf der Wolldecke bequem. Sheila hält mir eine Tasse Tee aus einer Thermoskanne hin. Fencheltee.

Angewidert verziehe bei dem Duft das Gesicht. Sheila lacht. „Jetzt fang bloß nicht an zu meckern, wäre dir Abführtee lieber gewesen?"

„Schon gut, ich trinke es ja, es ist immerhin besser als nichts!"

Während ich einen Schluck aus der Tasse nehme, dessen Geschmack mich stark an die Zeit mit meiner Blinddarmentzündung im Krankenhaus erinnert, liebäugelt Sheila schon mit meiner Gitarre. Und ich ahne Schreckliches.

„Kannst du mir etwas vorspielen", bittet sie mich.

„Mhm, ich weiß nicht", zögere ich und schaue mich um. Der Park ist heute erstaunlich belebt. Überall sind Leute.

„Bitte!" Sheila zieht das Wort mit kindlichem Augenaufschlag in übertriebene Länge.

„Na schön." Ich lasse mich erweichen und beschließe, die Passanten Passanten sein zu lassen, immerhin muss ich bald vor mehr als hundert Menschen spielen.

„Hast du einen bestimmten Wunsch?"

„Nein, spiel was du denkst."

Ich entscheide mich für meinen neuen Song. Nach meiner Gitarre angelnd begebe ich mich in den Schneidersitz und fange an, mich leise einzustimmen. Ich liebe die ersten ertönenden Klänge aus diesem Instrument.

Das Lied ist im Gegensatz zu unseren bisherigen ruhig und besonnen.

Der Mann von nebenan,
versunken in das Rad des Lebens,
arbeitet vergebens,
kommt an sein Glück nicht ran.

Jeder Morgen wird zum Grauen,
immer wieder der gleiche Tag,
der Gedanke abzuhauen,
ist alles, was noch bleiben mag.

Refr. Wo ist der Weg aus dem tristen Leben?
Wo geht es hinaus in die Freiheit?
Endlich nach innerer Freude streben,
und das Verlangen nach Glückseligkeit.

*Der Wunsch, nicht mehr stündlich auf die Uhr zu schauen,
und die Verpflichtungen wie ein Stück Müll wegzuwerfen,
sich den Lebenssinn nicht durch Alltag zu verbauen,
und dadurch den Weitblick zu entschärfen.*

*Und nun fasst er den Entschluss,
packt einfach seine Sachen,
lässt alles stehen und liegen,
er wird sich auf den Weg ins Leben machen,
und wenn's sein müsste auch zum Mond fliegen.*

*Refr. Wo ist der Weg aus dem tristen Leben?
Wo geht es hinaus in die Freiheit?
Endlich nach innerer Freude streben,
und das Verlangen nach Glückseligkeit.*

*Frei von Angst und ohne jegliches schlechtes Gewissen
geht er die Straße entlang
Sein Haus bleibt immer weiter zurück,
wird von Schritt zu Schritt kleiner.
Er fühlt sich plötzlich befreit von dem inneren Zwang,
nur mit seinem Koffer in der Hand,
und sein Kopf wird reiner.*

*Endlich sich seinem wahren Gespür hinzugeben,
die Weite der offenen Tore zur Welt zu sehen.
Nun fängt er an zu leben,
und nichts hindert ihn mehr daran, seinen Weg zu gehen.*

*Refr. Dort ist der Weg aus dem tristen Leben,
dort geht es hinaus in die Freiheit,
endlich nach innerer Freude streben,
und das Verlangen stillen nach Glückseligkeit.*

Sachte bringe ich die Gitarre wieder zum Ausklingen. Vereinzelte Menschen sind stehen geblieben und haben meinem Lied Gehör geschenkt, manche werfen mir sogar anerkennende Blicke zu.

„Das ist ein schönes Lied," meint Sheila nachdenklich. „Hast du es geschrieben?"

Ich nicke und schenke mir automatisch eine neue Tasse Tee ein.

„Wo ist *dein* Weg aus dem tristen Leben?" Die Frage löst in mir Erstaunen aus.

„Wie meinst du das?"

„Du wirst das Lied doch nicht ohne Grund geschrieben haben, oder?"

Ich muss einen kurzen Moment überlegen, ehe mir eine passende Antwort einfällt.

„Ich glaube, diesen Weg habe ich noch nicht gefunden. Ich weiß nicht einmal, ob ich mich überhaupt schon auf die Suche nach ihm gemacht habe. Ich habe bestimmte Vorstellungen, wie mein Leben eines Tages sein soll, doch ob diese Vorstellungen und Träume wirklich *das* sind, was ich will, ist natürlich fraglich. Ich gehe einen Weg, nur ob er der richtige ist, weiß ich nicht. Ich denke, es ist auch sehr schwierig, den richtigen zu finden. Woher weiß man, was gut für einen ist?"

„Ich bin der Meinung, dass es keinen Menschen gibt, der wirklich weiß, was gut für ihn ist. Dieses Wissen wäre etwas Göttliches. Dafür gibt es auch einfach zu viel Unzufriedenheit auf der Welt."

„Aber es gibt auch glückliche Menschen, nicht alle sind unzufrieden," werfe ich ein.

„Das wollte ich damit auch nicht sagen. Einige haben ein gesundes Gespür für den Sinn ihres Lebens. Doch auch sie müssen Niederlagen aushalten, müssen aus Stillständen heraus immer wieder ihr Leben neu ankurbeln. Aber das gehört auch dazu. Daran wächst man. Glaubst du eigentlich an Schicksal?"

„Ich habe immer noch nicht herausgefunden, ob das Leben aus Zufällen oder Schicksalen besteht. Oder vielleicht aus beidem? Und was macht den Unterschied aus? Ich komme schlecht mit dem Gedanken klar, dass das ganze Leben vorbestimmt sein soll. Das macht mir sogar fast Angst," gestehe ich offen.

„Das macht dir Angst?" Sheila schweigt grübelnd. „Also, mir gibt es eher eine gewisse Sicherheit," sagt sie schließlich langsam. „Im Gegenteil, ich brauche keine Angst zu haben, denn eigentlich kann nichts schief gehen. Wenn das Leben vorbestimmt ist, so kommt es, wie es kommen soll."

„Aber nur mal ein kurzes Beispiel: Es landen so viele Menschen auf der Straße. Das ist ihr Schicksal. Und wäre es nicht erschreckend für diese Menschen, wenn ihr Dasein für sie nicht zu verändern wäre? Dann würde doch jeder aufgeben."

Sheila sieht mich verständnislos an. „Warum glaubst du, dass Schicksal nur Negatives mit sich bringt? Es gibt ebenso viel Positives, oder hast du bisher nur Negatives erlebt? Außerdem besitzt jeder die Gabe, etwas aus seinem Dasein zu machen. Man muss nur wissen, dass man diese Gabe besitzt. Auch wenn alles vorbestimmt sein sollte, man kann es für sich selbst in die positive Richtung lenken. Doch dafür muss man erst das Gespür entwickeln." Sie hält kurz inne. „Verstehst du, jeder kann etwas aus seinem Leben machen, ganz gleich, ob es kurz oder lang ist, egal welche Niederlage man hinter sich hat. Man muss nur seinen eigenen Mut spüren, und dann ist auch der Sinn nicht mehr so weit entfernt."

Als es dunkel wird, brechen wir langsam auf. Sheila räumt ihre Wolldecke und die Thermoskanne zusammen. Sie sieht müde aus.

„Alles hat seinen Sinn," sagt sie kaum hörbar.

„Weißt *du* denn, was gut für dich ist", werde ich meine schon lange brennende Frage los, mein Rad neben mir her schiebend.

„Bin ich Gott?" erwidert Sheila scherzhaft. Im Stillen würde ich es nicht für ausgeschlossen halten. Zumal ich ernsthaft überlege, ob unser Zusammentreffen Zufall oder Schicksal gewesen ist.

6. Kapitel

Wenn es das Schicksal wirklich gibt, warum hat es entschieden, Sheila diese Krankheit aufzuladen? *Alles hat seinen Sinn, sagte sie.* Aber worin soll der Sinn liegen? Welche Botschaft birgt eine solche Krankheit? Sheila wirkt so stark, dass ich es schon bewundere. In ihren Augen liegt ein Glanz, den ich bisher noch bei keinem anderen Menschen wahrgenommen habe. Es ist ein sonderbarer Glanz, als ob sie wüsste, wie das Leben *funktioniert,* als ob sie seine Geheimnisse kennen würde. Vielleicht ist das der Sinn ihrer Krankheit, Dinge zu sehen, die für Gesunde unsichtbar, und die dennoch so wichtig sind. Nicht nur der Körper, sondern auch die Seele scheint sich zu verändern.

Kann es sein, dass der Geist durch einen Schicksalsschlag älter wird, dass man dadurch innerlich reift?

Dann müsste ich den Verstand eines Kindes haben …

Sofort sehe ich das Blinken des Anrufbeantworters, als ich die Wohnungstür aufschließe. Eine neue Nachricht. Ich drücke auf den Wiedergabeknopf, es ist eine Arbeitskollegin meiner Mutter:

„Hallo Gine, hier ist Angi. Wo bist du? Du bist einfach nach Hause gegangen? Das kann doch nicht wahr sein! Was soll das? Hier läuft alles drunter und drüber, wo soll ich nun jemanden für deine Schicht herbekommen? Das hättest du nicht tun dürfen, während ich auf der Toilette war, einfach deine Sachen zu packen und zu verschwinden. Wundere dich nicht, wenn es Konsequenzen für dich geben wird."

Ein kalter Schauer jagt mir durch den Körper. Ich renne in die Küche – dort ist sie nicht. Dann hetze ich in ihr Schlafzimmer, und dort liegt sie im Bett und schläft.

Ich rüttele an ihren Schultern, doch meine Mutter zeigt keine Regung. Sie liegt da und rührt sich nicht.

„Ma?" Auf einmal kommt die Panik in mir hochgekrochen. Ich ziehe die Bettdecke weg und schüttle sie erneut. Ich schreie sie an.

Nach ein paar Sekunden, die mir wie Stunden vorkommen, hebt sie schwer ihre Lider und sieht mich teilnahmslos an. Sie blickt durch mich hindurch und scheint mich nicht zu erkennen. Ich weiß sofort, dass ihr Zustand nicht nur auf einen Suff schließen lässt.

„Hast du was genommen?" brülle ich, und die Angst wird immer größer.

Meine Mutter versucht sich aufzurichten, ist aber zu schwach und fällt immer wieder zurück in die Kissen. Sie stammelt nur einzelne zusammenhangslose Worte.

Ich schnappe sie unter den Schultern und zerre sie aus dem Bett. Das Gewicht kaum haltend, schleppe ich sie ins Badezimmer. Sie ist so schwer.

„David, bist du es?" lallt sie.

Schweißgebadet erreiche ich schließlich mit ihr das Bad und drücke ihren Kopf über die Kloschüssel. Dabei fallen mir etliche leere Tablettenpackungen im Waschbecken auf.

„Los, kotz es raus," meine Stimme überschlägt sich fast. Ich stecke ihr meinen Finger in den Hals und sogleich ergießt sich ein übelriechender Schwall.

„Weiter, weiter," rufe ich und halte ihren Kopf.

„Mir ist so schlecht," stöhnt sie und würgt erneut.

„Ja, so ist gut," murmle ich und massiere ihr den Nacken. Ich werde plötzlich ganz ruhig. Umso mehr meine Mutter sich erbricht, desto weniger wird meine Angst.

Nachdem sie offenbar alles von sich gegeben hat, hole ich schnell eine Decke aus dem Schlafzimmer und lege meine Mutter vorsichtig neben die Toilette. Richtig ansprechbar ist sie allerdings noch immer nicht.

‚Ich bin gleich wieder zurück," sage ich laut, doch ich weiß nicht, ob sie mich überhaupt hört. Dann eile ich in den Flur, um den Notarzt zu alarmieren.

Ich spreche mit einem sehr netten Mann, der sich die größte Mühe gibt, mich zu beruhigen. Ich gebe kurz die Adresse durch und er verspricht, dass innerhalb weniger Minuten ein Wagen da sein wird.

„Versuchen Sie, Ihre Mutter wach zu halten," ordnet er noch an, bevor ich den Hörer auf die Gabel knalle.

Zurück im Bad, gebe ich ihr immer wieder leichte Ohrfeigen, damit sie die Augen offen hält. Auch wenn sie mir für kurze Augenblicke ins Gesicht sieht, bezweifle ich, dass sie irgend etwas realisiert.

Ich rede in gehobener Lautstärke auf sie ein, was ich jedoch rede, ist mir nicht bewusst. Es spielt wohl auch keine Rolle.

Endlich dringt von der Straße her ein blaues Blinken durch das Badezimmerfenster und kurz darauf klingelt es an der Tür.

Ich öffne den drei Sanitätern und dem Notarzt und führe sie ins Badezimmer. Und ab diesem Zeitpunkt läuft für mich alles ab wie in einem Film. Starr und wie betäubt lehne ich am Waschbecken. Ich stehe am Rande des Geschehens und verfolge die Szene, die mich an die *Notruf* Reportage erinnert. Das ist nicht meine Mutter, die hier auf dem Boden liegt und einen Beatmungsschlauch in den Hals gesteckt bekommt, die an Infusionen angeschlossen wird und mit Elektroden beklebt wird. Das ist irgendeine Frau, aber nicht meine Mutter.

„Wissen Sie, *was* Ihre Mutter eingenommen hat?“ Die Frage richtet sich an mich, ich zucke zusammen. Dann zeige ich stumm auf die Schachteln im Waschbecken.

Der Arzt nimmt und begutachtet die einzelnen Packungen und hebt entsetzt die Augenbrauen. „Auf dem Weg ins Krankenhaus nehmen Sie bitte Kontakt mit der Giftzentrale auf!“ Er wendet sich seinem Kollegen zu.

Zwei von den Männern heben meine Mutter auf ein großes festes Tuch und tragen sie umständlich durch das enge Badezimmer und das Treppenhaus hinunter. Ihre Augen sind fest geschlossen.

Der dritte Sanitäter läuft, mit der einen Hand die Infusionsflasche hochhaltend, mit der anderen den Beatmungsbeutel kontinuierlich drückend, nebenher.

Und ich folge ihnen wie ein hypnotisiertes Kaninchen.

Unten an der Haustür werden wir von zwei Polizisten in Empfang genommen. Was macht die Polizei hier?

„Sind Sie der Sohn?“ fragt der Ältere von beiden und gibt mir die Hand. Sein ungepflegter grauer Schnurrbart weckt in mir Aggressionen. Ich nicke nur.

„Bei solchen Vorfällen ist es üblich, dass wir dazu gerufen werden. Auch wenn es keine angenehme Situation für Sie ist, müssen wir Ihnen trotzdem ein paar Fragen stellen.“ Er setzt ein schiefes Lächeln auf, das wohl zur Routine geworden ist. Ein

Lächeln aus gespieltem Mitgefühl mit einem Beigeschmack von Überheblichkeit.

„Waren Sie dabei, als Ihre Mutter die Tabletten eingenommen hat?"

„Na, klar, ich habe zugesehen," herrsche ich ihn ungehalten an. Was soll denn diese bescheuerte Frage?

„Wir wissen, dass es für Sie nicht leicht ist." Sie wiederholen sich, schreie ich ihn innerlich an. „Aber wir müssen unsere Pflicht erfüllen. Wir können uns um diese Uhrzeit auch Schöneres vorstellen."

Am liebsten würde ich ihm ins Gesicht springen.

Die nachfolgenden Fragen beantworte ich monoton und kurz angebunden. Geistesabwesend schiele ich ständig zum Krankenwagen. Was machen die da so lange? Warum fahren sie nicht los?

Endlich klettert ein Sanitäter aus dem hinteren Teil und schließt die Türen.

„Wollen Sie hier mit, oder wollen Sie mit ihrem eigenen Auto hinterher fahren?" ruft er mir zu.

„Ich fahre bei Ihnen mit," antworte ich und steige in die Steuerkabine. Und mit Blaulicht geht es ab ins Krankenhaus.

Das Licht der Neonröhren bereitet mir Kopfschmerzen. Um mich herum befinden sich Menschen mit sorgenvollen Gesichtern, quengelnde Kinder, einige schlafen auf den unbequemen Plastikstühlen. Die Zeit habe ich völlig vergessen, ich bin nur froh, dass die Polizisten endlich gegangen sind, nachdem sie mir unzählige dumme Fragen gestellt haben. Meine Mutter liegt hinter einer der schweren Metalltüren. Was machen sie mit ihr? Wenn ich nur früher nach Hause gekommen wäre, hätte ich es vielleicht verhindern können. Woher hatte sie nur all diese Tabletten? Bin ich am Ende daran Schuld?

Ärzte und Schwestern rennen an mir vorbei, in der Notaufnahme ist die Hölle los. ich befinde mich noch immer in einer Art Trancezustand. Ich bin nicht fähig zu begreifen, was passiert ist.

Warum spricht niemand mit mir? Warum gibt mir niemand Auskunft über den Zustand meiner Mutter?

Das Warten treibt mich an den Rand des Wahnsinns, zumal ich mir nicht schlüssig bin, worauf ich überhaupt warte. Dass ein Arzt auf mich zukommt und sagt, ihr ginge es wieder gut, und wir könnten jetzt nach Hause gehen? Ja, aber was wäre dann?

Unruhig rutsche ich auf meinem Stuhl hin und her. Das dringende Bedürfnis kommt auf, mit jemandem zu sprechen, jetzt! *„David, wenn du jemanden zum Reden brauchst, ruf an!“* hatte Marco *gesagt.*

Den Gedanken, Marco anzurufen, verwerfe ich ganz schnell wieder.

Ich muss mich bewegen und beginne, den Gang auf und ab zu laufen. Dem an mir vorübergehenden Krankenhauspersonal werfe ich flehende Blicke zu, doch sie finden keine Beachtung. Es ist zu viel zu tun.

Wenn Sheila nur hier wäre ...

Ich halte abrupt inne und überlege kurz ... sie ist doch hier, zumindest in diesem Gebäude. Mich überkommt eine absurde Idee, doch ich bin so durch den Wind, dass es mir unmöglich ist vernünftig zu denken und zu handeln.

Somit verlasse ich die Notaufnahme, steige in den Fahrstuhl und lasse mich in den dritten Stock befördern. Sheila hatte in einem kurzen Nebensatz angedeutet, dass sie dort wohne.

„Station K3“ meldet mir eine Computerstimme kurz darauf durch die Lautsprecher, und der Fahrstuhl kommt mit einem Schlag zum Halten, dass mir ein Ruck durch den Magen geht. Auf leisen Sohlen gehe ich über den breiten Korridor hinüber zur Station, über deren Eingangstür ein großes Schild mit der Aufschrift „Onkologie“ angebracht ist. Das müsste es sein.

Kaum hörbar schleiche ich mich hinein. Die Station ist ganz still. Die Beleuchtung ist durch kleine schwache Lampen gedämmt.

Hoffentlich entdeckt mich niemand. Ich komme mir vor wie in einem schlechten Krimi und muss innerlich trotz allem lachen.

Das Schwesternzimmer zu meiner Rechten ist leer, keine Schwester ist da. Das ist meine Gelegenheit herauszufinden, in welchem Zimmer Sheila liegt.

Vorsichtig spähe ich durch die Scheibe und finde zu meinem Glück gleich den Zimmerplan, der seitlich der Scheibe hängt. Ich muss die Augen zusammenkneifen, damit ich die Schrift entziffern kann. *Sheila Storm – 5*

Das muss sie sein. Also begebe ich mich auf Zehenspitzen auf die Suche. Es ist der pure Nervenkitzel.

Als ich vor der betreffenden Tür stehe, spüre ich vor Aufregung mein Herz im Brustkorb schlagen. Soll ich wirklich klopfen? Meine Beine werden weich, was mache ich hier eigentlich für einen Blödsinn? Was ist, wenn Sheila schon schläft? Wäre ja nicht unnormal für diese Zeit. Sie ist immerhin krank und braucht ihren Schlaf.

Da höre ich einige Meter weiter ein Tür aufgehen, und bevor ich mich versehe, habe ich schon geklopft.

„Ja?" ertönt sofort eine Stimme von drinnen. Es ist Sheilas Stimme.

„David, was machst du denn hier?" Sheila ist sichtlich erstaunt über meinen überraschenden Besuch. Sie richtet sich in ihrem Bett auf und legt das Buch, in dem sie offenbar bis eben noch gelesen hat, zur Seite.

Sie liegt in einem Einzelzimmer und hat durch die großen Fenster einen wunderschönen Ausblick auf die Lichter der Stadt. Auf der Fensterbank steht eine Vase mit frischen Rosen. Ich bringe kein Wort über die Lippen sondern sehe mich nur stumm um, als ob ich mich an einem Gegenstand festhalten und erklären könnte. Sheila wirkt mit dem kahlen Kopf auf den weißen Laken noch zerbrechlicher als sonst.

„David, was ist los?" Sheila beugt sich nach vorne und umfasst durch die Bettdecke ihre Knie. „Komm, setz dich." Sie rutscht zur Seite und macht neben sich auf der Matratze Platz.

Mechanisch wie ein Roboter setze ich mich zu ihr.

„Meine Mutter liegt unten in der Notaufnahme, sie wollte sich umbringen", platzt es aus mir heraus. Ich fixiere den Fußboden, und die Bilder des heutigen Abend sausen noch einmal an mir vorüber.

„Ach, du Scheiße", murmelt Sheila und greift sanft nach meiner Hand. Durch die Berührung scheine ich plötzlich aus meinem Schockzustand zu erwachen. Den Film, den ich gesehen habe, den habe ich nicht nur gesehen, er ist wirklich passiert. Die Ärzte ringen unten um ihr Leben.

„Wird sie durchkommen?" fragt Sheila leise. Ich zucke nur unwissend mit den Schultern.

„Wäre ich heute Abend doch nur zu Hause geblieben, dann hätte ich es verhindern können. Vielleicht hätte ich ihr helfen können, sie hat mich gebraucht, und ich war nicht da." Ich stocke und schlucke mit Mühe die Tränen hinunter.

„Ich bin Schuld“, schluchze ich. „Ihr ging es die letzten Wochen doch schon so schlecht, ich hätte es wissen müssen. Es ist alles meine Schuld.“ Nun kann ich die Tränen nicht mehr zurückhalten. Sie rinnen über mein Gesicht, und selbst die Scham vor Sheila kann sie nicht aufhalten. Ich habe seit Jahren nicht mehr geweint.

Unerwartet nimmt mich Sheila in ihre Arme und streichelt mir behutsam über das Haar. Ich heule und heule, sie hält mich fest und wiegt mich wie ein Baby leicht hin und her.

„Du bist nicht daran Schuld, David“, flüstert sie. „Du bist nicht Schuld.“

„Wenn ich doch nur zu Hause geblieben wäre.“ Langsam löse ich mich aus der Umarmung und wische meine Tränen ab.

„Dann hätte sie es zu einem anderen Zeitpunkt getan,“ ergänzt Sheila. „Du hättest sie nicht aufhalten können. Wenn jemand eine solche Tat plant, dann wird er sie umsetzen, ganz gleich wie streng er bewacht wird.“

„Aber ich hätte ihr doch vorher helfen können, ich hätte nicht die Augen verschließen dürfen.“

„Was hättest du denn tun können?“

Darauf weiß ich keine Antwort.

„Deine Mutter ist eine erwachsene Frau, sie muss für sich selbst Verantwortung tragen, die kannst du ihr nicht abnehmen. Und wenn ein Mensch sterben will, ist es meistens unmöglich, ihn davon abzuhalten.“

Der Gedanke, dass meine Mutter die Absicht hatte zu sterben, will mir partout nicht in den Kopf.

„Wie kann man nur so egoistisch sein?“ Ich kann es nicht verstehen.

„Wieso egoistisch?“

„Ohne ein Wort zu sagen, eben mal kurz versuchen, sich das Leben zu nehmen. Scheiß egal, was aus den nahestehenden Menschen drum herum wird. Findest du das etwa nicht egoistisch?“

Sheila überlegt kurz und schüttelt den Kopf.

„Nein, finde ich nicht. Sie hat wahrscheinlich keinen anderen Ausweg gesehen. Und der Wunsch zu sterben war größer als der Lebenswille. Glaub mir, sich für den Tod zu entscheiden ist weiß Gott nicht leicht. Das geschieht nicht aus einer Laune heraus. Egoismus ist das falsche Wort. Sind nicht *die* Menschen egoistisch, die einen Lebensmüden vor dem Tod bewahren wollen, weil *sie* mit der Trauer nicht fertig würden? Soll er weiterhin leiden, damit andere glücklich sein können? Du lebst dein Leben, ich lebe meines, und deine Mutter ihres. Ich persönlich finde, dass jeder das Recht hat, seinem eigenen ein Ende zu bereiten, auch wenn es für die Umwelt nicht nachvollziehbar ist. Das ist nur so, weil der Tod der Menschheit Angst einflößt. Daher kann sie es nicht verstehen, dass es Leute gibt, die sich freiwillig dieser Angst stellen."

„Weißt du, was mich nur unheimlich wütend macht?" Ich sehe Sheila fest in die Augen. „Dass sie aufgeben wollte, ohne vorher gekämpft zu haben."

„David?" Meine Mutter, umgeben von Schläuchen und Apparaten, blinzelt erschöpft zu mir herauf. Sie lächelt schwach. Ich bin beruhigt, dass sie mich erkennt.

„Ich wollte das nicht ...", haucht sie, jedes ausgesprochene Wort strengt sie sichtlich an.

„Es ist alles gut," beschwichtige ich sie und drücke ihre Hand. Gar nichts ist gut. „Ruh dich aus, du brauchst jetzt viel Schlaf."

Meine Mutter studiert meine Augen, als ob sie meinen Gefühlszustand aus ihnen lesen könnte. Aber meine Augen sind starr, sie verraten nichts.

Mir drückt es die Luft ab und ich öffne den viel zu engen grünen OP-Kittel, den sie mir, bevor sie mich zu meiner Mutter ließen, angezogen haben. Die Wanduhr zeigt drei Uhr morgens. Bis vor einer halben Stunde war ich bei Sheila auf dem Zimmer. Wir haben uns intensiv unterhalten, nur über den Grund, warum sich meine Mutter umbringen wollte, haben wir nicht gesprochen, Sheila hatte auch nicht danach gefragt, was mir nur mehr als recht ist. Den Grund weiß ja nicht einmal ich.

Ist es ihr, die selber jederzeit mit dem Tod rechnen muss, zuzumuten, sich mit dem Suizidversuch meiner Mutter zu befassen?

Hier liegt eine gesunde Frau und will sterben, oben liegt ein krankes Mädchen und will leben. Was ist das für eine merkwürdige Welt? Muss ich das verstehen?

Aber wie definiert man überhaupt den Begriff Krankheit? Vielleicht ist meine Mutter auch krank, was nur äußerlich nicht sichtbar ist. Die Seele ist krank, nicht der Körper. Doch kann eine erkrankte Seele gleichermaßen lebensbedrohlich sein? Bedarf sie auf ihre Art genauso ärztlicher Hilfe, um gesund zu werden? Man sollte sich vermutlich nicht nur auf das *Sehen* beschränken. Es ist nicht alles sichtbar. Aber war das nicht schon immer so? Was die Menschen nicht sehen, gibt es in ihrer Vorstellung nicht.

„Ma, was ist nur los mit dir? Ich möchte, dass du gesund wirst“, flüstere ich ihr ins Ohr, aber sie ist wieder eingeschlafen. Ich wünschte, ich könnte ihr helfen. Ich würde sie so gerne mal wieder fröhlich sehen, nicht aufgesetzt, sondern natürlich fröhlich. Wenn ich nur wüsste, was sie bedrückt, dass sie den Tod als letzten Ausweg nehmen wollte.

Unbewusst seufze ich laut.

Bis zur Morgendämmerung sitze ich an ihrem Bett und beobachte meine Mutter, die sich mit jedem Atemzug ein Stück weit mehr von dem Gift erholt.

Meine Grübeleien haben mich wahrlich nicht weitergebracht. Ich bin ratlos, wie alles weitergehen soll.

Schließlich entscheide ich mich für mein Bett, ich bin hundemüde. Niedergeschlagen und resigniert lasse ich die Klinik hinter mir in den Sonnenaufgang tauchen. Der Weg in den Buchenweg erscheint endlos, meine Beine wollen mich nicht mehr tragen. Das erste Mal während meines Zivildienstes würde ich morgen am liebsten krank sein.

Ich räume noch schnell die Unordnung von gestern Abend weg, bevor ich mich ins Bett fallen lasse. Da fällt ein kleiner zusammengefalteter Zettel aus meiner Jackentasche.

Suche nach dem Sinn

Träume in der tiefen Wirklichkeit,
zu viel gedreht im sanften Tanz.
Sich verloren in der Beständigkeit,
doch sichtbar war der Glanz.

Wirres Entlangschreiten im Dunkeln,
auf der Suche nach dem Morgen.
Geschützt durch Sternefunkeln,
sich freigemacht von Sorgen.

In der Hoffnung liegt der Sinn,
im Himmel liegt die Weite,
gefragt, wer und was ich bin,
bevor ich in die Lüfte gleite.

Sheila

7. Kapitel

„Vielen Dank für das Gedicht. Es hat mir sehr gut gefallen und mich zum Nachdenken animiert.“ Nachdem ich es gelesen hatte, war ich sicher, dass Sheila meine Mutter auf gewisse Weise versteht.

„Du hast es also gefunden? Ich hatte es dir in deine Jackentasche gesteckt, während du auf der Toilette warst.“ Sheila grinst verlegen. „Ich dachte, es würde zu deiner momentanen Situation passen. Was haben sie mit deiner Mutter jetzt vor?“

Ich lege der dicken Verkäuferin von neulich 50 Cent auf den Tresen und nehme meinen Kaffeebecher entgegen. Es ist mittlerweile der zehnte heute.

„Willst du auch einen?“ frage ich Sheila, doch sie verneint kopfschüttelnd. „Zuviel Kaffee ist ungesund, junger Mann“, warnt die Frau mit einem furchterregenden Dialekt.

„Danke für den Tipp,“ antworte ich nur knapp.

Sheila und ich setzen uns an einen freien Tisch. Ich bin dem Wunsch von heute Nacht nachgegangen und habe mich für den Rest der Woche krank schreiben lassen. Das schlechte Gewissen Gesa gegenüber habe ich ganz schnell verdrängt. Wahrscheinlich wird sie dann am Montag wieder über meinen Kollegen schimpfen, der mich vertreten wird.

„Sie kommt in die geschlossene Psychiatrie. Ich habe mit dem Arzt gesprochen. Ihr geht es körperlich zwar so weit wieder ganz gut, sie bleibt aber zur Überwachung noch zwei Tage auf der Intensivstation und wird dann verlegt.“

„Na, das sind ja tolle Aussichten“, erwidert Sheila seufzend und stützt den Kopf auf ihre Handflächen.

„Was sollen sie denn machen? Davon ausgehen, dass es bei dem einen Versuch bleibt?“ Ich bin über diese Variante auch nicht gerade begeistert, aber es ist immerhin besser, als jede Minute mit der Angst zu leben, eine neue unkontrollierbare Todessehnsucht könne sie überfallen.

„Ich hoffe, sie können ihr da helfen," sage ich ein wenig resigniert. Ich nippe vorsichtig an meinem Kaffee. Sheila sieht mir dabei gedankenverloren zu.

„Ich kann mir gut vorstellen, was in deiner Mutter vorgeht."

Als ob ich es geahnt hätte.

„Ich wollte auch schon des öfteren Schluss machen." Sheilas Stimme ist gedämpft.

„Du hast aber nicht Schluss gemacht", füge ich schnell hinzu.

Sie schüttelt den Kopf. „Deine Mutter auch nicht. Sie lebt und ist bestimmt auch bereit dafür zu kämpfen", ermuntert sie mich.

„Was macht dich da so sicher?" Sheila kennt sie doch gar nicht.

„Manche Menschen müssen dem Tod erst ins Auge schauen, um zu merken, was sie eigentlich am Leben haben, was sie vorher nie schätzen konnten. Vielleicht ist deine Mutter froh, dass sie überlebt hat."

„Sind Sie der Sohn von Frau Junker?" Ein Arzt unterbricht unsere Unterhaltung.

„Ja?" Fragend blicke ich zu ihm hinauf.

„Mein Name ist Fröhlich, ich bin Psychiater." Er grinst bei seinem Namen, und ich grinse zurück. Auf Anhieb ist mir der Mann sympathisch.

„Ich war gerade bei Ihrer Mutter und würde mich jetzt gerne mit Ihnen unterhalten. Haben Sie kurz Zeit?"

„Natürlich", erwidere ich und erhebe mich vom Stuhl.

„Ich muss auch los. Neue Infusion. Bis später", verabschiedet sich Sheila.

Ich folge Dr. Fröhlich in sein Zimmer, wo er mir einen dicken Ledersessel anbietet. Er selbst nimmt Platz hinter einem großen alten Schreibtisch. Der Raum ist nicht typisch für ein Arztzimmer. Vollgestopfte Bücherregale reichen bis unter die Decke. Die freien Wände sind mit farbenfrohen Bildern dekoriert.

Trotz des freundlichen Anblickes würde ich mich am liebsten in dem Ledersessel verkriechen. Was kommt jetzt?

Der Arzt holt die Krankenakte hervor, schlägt sie auf und vertieft sich mit runzelnder Stirn. Er unterdrückt einen Seufzer.

Währenddessen versuche ich, um mich abzulenken, die Titel der Bücher zu lesen. Nervös wippe ich mit meinen Knien.

„Ihre Mutter ist sehr verschlossen", beginnt Dr. Fröhlich schließlich.

„Meinen Sie, sie würde es noch einmal versuchen?“ falle ich ihm ins Wort.

Er zieht die Augenbrauen hoch und verzieht grübelnd die Lippen. „Das ist immer schwer zu sagen. Ich kenne Ihre Mutter nicht – noch nicht. Glauben *Sie* denn, sie könnte es noch einmal versuchen?“

Was für eine Frage, sie macht mich wütend.

„Hören Sie, ich hätte nie gedacht, dass meine Mutter überhaupt zu so einer Tat fähig ist.

Damit hätte ich im Traum nicht gerechnet. Wie soll ich jetzt was glauben? Ich habe keine Ahnung. Okay, sie hat Probleme, die habe ich wohl oder übel mitbekommen, aber dass sie gleich einen Schlussstrich unter ihr Leben ziehen will … Sie dürfen mich so etwas nicht fragen, ich weiß nichts mehr zumindest seit letzter Nacht nicht mehr.“ Ärgerlich zucke ich mit den Schultern, ich fühle mich hilflos wie nie zuvor.

Dr. Fröhlich nickt und wirft dann ein: „ Ja, deswegen ist es für die nächste Zeit besser, sie in sicherer Umgebung zu wissen. Falls wieder Suizidgedanken auftreten sollten, kann ihr nichts passieren. Verstehen Sie, wir wollen sie nicht einsperren, wir wollen sie nur vor sich selber schützen, bis sie wieder stabil genug ist.“

Das hört sich schon schlimm genug an, vor sich selbst geschützt zu werden, ärger kann es nicht kommen.

„Und wie lange wird das dauern?“

„Das kommt darauf an, wie Ihre Mutter mitarbeitet, wie wir in der Therapie vorankommen. Das müssen wir alles sehen.“

Er blättert erneut in der Akte. „Kann es sein, dass Ihre Mutter übermäßig viel Alkohol trinkt? Die Leber ist nämlich stark vergrößert. Es ließe sich auch auf die Tablettenüberdosis zurückführen, aber ich habe dennoch den Verdacht. Ist da was dran?“

Ich schlucke und ein kalter Schauer jagt mir über den Rücken. Mir fallen die etlichen Bierdosen und Schnapsflaschen ein. Wie ich das immer gehasst habe.

„Ist der Fall gegeben, werden wir sie auf Entzug setzen. Unter ärztlicher Betreuung ist das aber kein großes Problem mehr. Wir können medikamentös gut gegenhalten.“

„Das klingt alles ziemlich heftig“, antworte ich trocken und stöhne innerlich. „Wird sie es schaffen?“

„Davon gehe ich aus. Wir hatten schon ganz andere Fälle“, tröstet mich der Arzt. „Lebt Ihre Mutter in einer Beziehung?“

Ich wundere mich über seine plötzliche Frage.

„Nein, meine Eltern haben sich vor ein paar Jahren scheiden lassen. Mein Vater hat sich damals aus dem Staub gemacht und ich glaube, das hat sie nie verkraftet. Ab diesem Zeitpunkt fingen auch ihre Probleme an."

„Besteht noch Kontakt zu ihm?"

Ich erzähle dem Arzt von der Karte, die mir mein Vater letzte Woche schickte. Es ist das erste Mal, dass ich so offen darüber rede.

Dr. Fröhlich hört mir aufmerksam zu.

„Als wir noch eine Familie waren, ging es meiner Mutter gut. Sie hat nie Alkohol getrunken. Alles hat sie geschafft, die Arbeit und gleichzeitig den Haushalt. Sie hatte viele Bekannte, zu denen der Kontakt aber nach und nach abflaute." Ich halte kurz inne, bevor ich weitererzähle. „Ich konnte meinen Vater nie leiden. Er schaffte es immer wieder, uns unter Druck zu setzen. Eigentlich müsste meine Mutter froh sein, dass sie ihn los ist. Er behandelte sie wie sein Eigentum. Sie musste ihn von vorne bis hinten bedienen, und eines Tages hat er sie einfach fallen lassen.

„Mhm", meint Dr. Fröhlich nur. „Da werden wir in der Therapie einiges aufarbeiten müssen."

„Wenn sie sich darauf einlassen wird", murmel ich unverständlich.

Ein schrilles Piepen dröhnt mir in die Ohren.

Dr. Fröhlich schielt in seine Kitteltasche. „Ich muss leider wieder auf die Station", entschuldigt er sich und rückt seinen Stuhl zurück. „Vielen Dank für Ihre Offenheit, ich bin mir sicher, dass wir Ihrer Mutter helfen können." Er reicht mir die Hand. „Wie geht es Ihnen eigentlich?" erkundigt er sich, während wir durch die Tür treten.

„Gut, warum nicht?" antworte ich verblüfft.

Ich besuche noch schnell meine Mutter. Sie liegt noch immer bleich in den Kissen, die Schläuche und Apparate sind allerdings verschwunden.

„Hallo, mein Schatz", begrüßt sie mich. „Wie geht es dir?" Ich setze mich an ihr Bett.

„Es tut mir so leid, was ich getan habe. Ich weiß nicht, was in mich gefahren ist. Ich war so dumm. Kannst du mir verzeihen? Ich wollte dich nicht im Stich lassen."

„Du brauchst dich nicht zu entschuldigen," falle ich ihr ins Wort. „Hauptsache, du hast überlebt, das ist das Wichtigste."

„Der Psychiater war vorhin hier", sagt sie ohne jegliche Begeisterung. „Die wollen mich auf eine Geschlossene verlegen." Die Empörung in ihrer Stimme ist nicht zu überhören.

Ich nicke. „Ich habe auch eben mit ihm gesprochen."

„Und?" Sie richtet sich mühevoll auf.

„Er ist sympathisch, findest du nicht?"

„Ich bin nicht krank, ich brauche keine Psychiatrie. Der Suizidversuch war ein Fehler, und ich verspreche, dass ich ihn nie wieder begehen werde."

Wie gerne würde ich ihr glauben.

„Aber Ma, es wäre bestimmt besser für dich. Meinst du, wir können weitermachen wie bisher? Dir ging es doch schon länger schlecht."

„Ach was", sie winkt ab. „Das hast du nur so empfunden, mir ging es nicht schlecht.

„Und warum wolltest du dich dann umbringen?" frage ich ärgerlich. Kann sie nicht einmal ehrlich zu mir sein?

„Es war eine Blitzreaktion, ich habe nicht nachgedacht", will sie mich überzeugen.

„Was ist, wenn du nun öfters solche Blitzreaktionen hast und nicht nachdenkst? Ich bin nicht immer an Ort und Stelle, um dich zu finden. Und ich habe ehrlich gesagt auch keine Lust, ständig mit der Angst zu leben."

Meine Mutter schweigt betroffen. Offenbar sieht sie ein, dass mich keines ihrer Argumente umstimmen kann.

„Außerdem wäre es sinnvoll, wenn du von diesem Scheiß Alkohol wegkämest. Merkst du denn nicht, wie er dich kaputt macht?"

„Das war doch gar nicht so, wie du denkst. Das bisschen Alkohol."

„Mama, ich weiß, was ich gesehen habe, du brauchst mir jetzt nichts vorzumachen. Ich bin nicht blöd." Ich muss mich beherrschen, ruhig zu bleiben. „Du brauchst Hilfe. Begreif das doch endlich."

Sie fängt an zu weinen. Laut schluchzend und am ganzen Körper bebend fällt sie mir um den Hals. Ich umarme sie und drücke sie an mich, auch wenn es meinem Inneren widerstrebt. Wie oft habe ich sie schon auf diese Weise in den Armen gehalten.

„Ist schon gut." Ich habe es satt, ständig in die Rolle eines Vaters und Ehemannes zugleich zu schlüpfen.

Der Tag vergeht wie im Flug. Ich bin froh, dass heute Abend die Bandprobe stattfindet und ich die ganzen Krankenhausgeschichten hinter mir lassen kann. Ich brauche unbedingt Abwechslung, ich muss auf andere Gedanken kommen. Den Geruch von frischer Luft hatte ich schon ganz vergessen.

Meine Mutter konnte ich nach langem Reden schließlich doch noch überzeugen, dass die stationäre Therapie das Beste für sie ist. Ich habe mir beinahe den Mund fusselig geredet, aber immerhin hat sie es am Ende eingesehen. Ihr wäre ohnehin nichts anderes übrig geblieben. Vor allem habe ich ihr eingeschärft, dass, je intensiver sie sich auf die Therapie einlässt, desto schneller sie wieder nach Hause darf. Sie hat mir versprochen, sich Mühe zu geben. Mal abwarten, auf ihre Versprechungen war noch nie Verlass.

„Du singst wie der letzte Heuler!" Marco knallt seine Sticks in die nächste Ecke und verlässt wutschnaubend den Proberaum. Die restlichen Instrumente verstummen. Alle Blicke sind auf mich gerichtet.

„Was hat der denn für ein Problem?" Ich erwarte von niemandem eine Antwort, lasse meine Gitarre sinken und falle frustriert auf eines der Sofas.

„Na ja, du hast schon besser gesungen", meint Finn und zündet sich eine Zigarette an.

„Das ist aber noch lang kein Grund so auszurasten, oder?" Marcos cholerische Ausbrüche gehen mir so auf die Nerven, dass ich es nicht beschreiben kann. Ich bin wütend, wütend auf Marco und wütend auf mich selbst.

Gibt es eigentlich nur noch Ärger? Kann ich nicht *einmal* irgendwo meine Ruhe haben? Ich hatte mich auf die Probe gefreut. Sie sollte mir zeigen, dass das alltägliche Leben noch existiert.

„Er ist halt nervös wegen dem Konzert."

„Sich aber wie ein beleidigtes Karnickel aufzuführen ist doch lächerlich, nur weil ich ein paar Töne verfehlt habe, die dem Publikum nie auffallen würden." Ich gerate immer mehr in Rage, ich habe das Gefühl, der ganze Schmerz und die ganze Wut der letzten vierundzwanzig Stunden brechen aus mir heraus. Die verpatzte Probe bringt das Fass zum Überlaufen.

„Der kriegt sich schon wieder ein." Finn drückt seine Zigarette aus und geht nach draußen zu Marco.

„Ich habe die Schnauze voll für heute." Ich packe meine Gitarre ein und verabschiede mich. Auf der Treppe hocken Marco und Finn. Marco starrt an mir vorbei und fixiert den kleinen Gullideckel vor der Kellertür. Er führt sich nach meiner Ansicht auf wie ein pubertierendes Mädchen. Wenn nicht alles nach seiner Nase läuft.

„Du kotzt mich derartig an, David", wirft er mir in seinem typisch charmanten Ton entgegen, wie so oft, wenn er am Toben ist. „Du bist Schuld, wenn das Konzert eine Pleite wird. Ach, was sage ich, wenn die Band den Bach runtergeht."

Bei dieser Theatralik muss ich mich zusammennehmen, dass ich ihm keine schmiere. „Marco, gibt es für dich eigentlich nur die Band? Gibt es für dich nichts anderes mehr? Das Leben besteht nicht nur aus der Musik! Schön wäre es, aber in meinem Leben spielen noch andere Dinge eine wichtige Rolle, die mich beschäftigen, und um die ich mich kümmern muss. Du hast nichts mehr im Kopf außer der Band. Das kann man ja schon fast mit einem Wahn vergleichen."

Marco presst verächtlich Luft durch die Lippen.

„Ich geh wieder rein, macht das unter euch aus." Finn hangelt sich am Treppengeländer hoch und verschwindet im Keller.

Ich lasse mich neben Marco nieder, der immer noch wie hypnotisiert auf den Gullideckel starrt.

„Du gibst dir keine Mühe, die Band scheint dir gar nichts mehr zu bedeuten." Die Monotonie in seinen Sätzen löst in mir Unbehagen aus.

„Du hast wirklich schlecht gesungen, unser Konzert ist bereits in zwei Wochen. So blamieren wir uns."

Ich kämpfe einige Minuten mit mir, ob ich Marco von dem Ereignis erzählen soll. Schließlich rücke ich raus mit der Sprache. „Meine Mutter hat letzte Nacht versucht, sich umzubringen."

Ich lege erschöpft meine Stirn in die Hände.

Nun starrt Marco nicht mehr auf den Gullideckel, sondern auf mich. „Wie bitte? Ist das dein Ernst?"

Ich nicke schweigend und er klopft mir zögerlich auf die Schulter. Dann gehe ich die Treppe hinauf und steige wortlos auf mein Rad.

Stephanie Heinrich

Während der Fahrt explodiert etwas in mir, ich kann meine ganzen Gefühle kaum noch unterdrücken und meine Kehle brennt höllisch.

Mein Glück, dass der Weg durch ein verlassenes Waldstück führt. Nun lasse ich alles heraus, ich schreie und schreie. Ich springe ab und werfe mein Fahrrad ins nächste Gestrüpp. In einer kleinen Lichtung breite ich meine Arme aus und brülle mir die Seele aus dem Leib. Baumstämme müssen unter meinen Fußtritten leiden. Ich kann meine Aggressionen nicht mehr länger verbergen.

Oh, wie ich meinen Vater hasse!

8. Kapitel

„Sie fühlt sich dort nicht wohl."

„Ist das ein Wunder? Wer fühlt sich schon in einer Psychiatrie wohl?"

„Sie lässt niemanden an sich heran, redet mit keinem, selbst mit mir nicht."

Stundenlang sitzt meine Mutter am Fenster des Aufenthaltraumes, raucht eine Zigarette nach der anderen und stiert ohne jeglichen Anhaltspunkt nach draußen. Sie beachtet mich nicht, wenn ich sie besuche.

„Lass ihr ein wenig Zeit."

„Ich habe nur solche Angst, dass sie nicht gesund werden könnte", gestehe ich verzweifelt. Sheila schluckt betreten, und ich wünschte, ich könnte diesen Satz rückgängig machen. „Glaube ganz fest daran, sie hat alle Chancen gesund zu werden. Auch wenn ich sie nicht kenne, habe ich das im Gefühl."

Manchmal würde ich Sheila am liebsten umarmen, dennoch habe ich das dringende Bedürfnis, das Thema jetzt zu wechseln.

Wir lassen die Beine von der Brücke aus meinen Kindheitstagen baumeln. Sheila wollte unbedingt ein Stück „Freiheit" spüren. Weil sie heute sehr schwach ist, habe ich sie im Rollstuhl hierher geschoben, der Weg wäre zu weit gewesen.

„Es ist ein nettes Plätzchen. Das Krankenhaus und der Park hängen mir zum Hals heraus." Sie lacht und ich vernehme ihr Wohlgefallen, hier zu sitzen und auf die Dämmerung zu warten.

„Wie still es ist", stellt sie besinnlich fest.

„Als Kind war ich fast täglich an diesem Bach. Er kam mir damals viel breiter und tiefer vor."

„Was man als Kind manchmal für Vorstellungen hat. Da sieht man die Welt noch mit ganz anderen Augen, alles ist größer, weil man selbst so klein ist. Was ich für Träume früher hatte, die würden einem Erwachsenen nie einfallen."

„Hast du diese Träume noch?"

Sheila überlegt kurz, dann sagt sie: „Manche habe ich noch, aber einige sind verschwunden, weil ich mit der Zeit immer mehr die Realität kennen gelernt habe und somit kein Platz mehr dafür war. Kinder haben eine andere Realität als Erwachsene. Schade, dass sie verloren geht."

„Ich wollte als Kind Astronaut werden, das hatte ich mir fest vorgenommen."

„Und? Wirst du Astronaut?" Sheila grinst frech und ich strecke ihr die Zunge heraus.

„Weißt du, mir fehlt die Leichtigkeit des Denkens. Früher dachte ich, ich ziehe mir den Astronautenanzug an, steige in die Rakete und sie startet mit mir zum Mond. Während des Fluges schwebe ich durch die Kabine und alles ist toll. Das war mein Traum. Aber irgendwann wusste ich, dass es nicht so einfach ist, wie ich mir das vorgestellt habe. Du hast Recht, dass man manche Träume aufgeben muss, weil sich die Realität für einen verändert. Dafür kommen aber neue Träume, die genauso wichtig sein können, wie die früheren. Hast du denn noch einen Kindheitstraum, den du nicht aufgegeben hast?"

„Den Traum um die Welt zu ziehen", fällt mir sofort ein. „Mit Rucksack verschiedene Orte der Erde zu erkunden. Das wollte ich schon als kleiner Junge."

„Das wird ja auch in deinem Lied deutlich. Willst du den Traum verwirklichen?"

„Vielleicht irgendwann mal … Erst will ich mein Studium durchziehen, aber es muss herrlich sein, nur mit den nötigsten Sachen durch die Gegend zu bummeln. Heute hier schlafen, morgen dort, und sich mit jedem neuen Tag überraschen lassen, was auf einen zukommt. Die unterschiedlichen Menschen kennen lernen, die Sitten und die Lebensstile. Ja, das ist ein Traum, der geblieben ist, und der sich wohl auch nie ändern wird."

„Was wären die Menschen ohne Träume? Träume sind genauso wichtig wie Essen und Trinken. Ich glaube, ohne sie könnten wir nicht leben. Auch wenn viele völlig unrealistisch sind, ist es schön, wenn wir an sie denken. Ich kann mir nicht vorstellen, dass es Leute gibt, die keine Luftschlösser bauen. Die müssten innerlich tot sein."

Da kommt mir sofort wieder meine Mutter in den Sinn. Ob sie noch Träume hat?

„Mein größter Wunsch als Kind war, einen Stern vom Himmel zu holen. Ich dachte, Sterne würden am Himmel feststecken und man könnte sie pflücken, wenn man nur nah genug heran käme. Wir hatten einen großen Kirschbaum im Garten. Wie oft bin ich nachts auf ihn geklettert, so hoch ich konnte, in der Hoffnung, einen Stern zu ergattern. Immer bin ich enttäuscht wieder hinunter geklettert. Ich habe oft deswegen geheult. Meine Mutter sagte mir, man könne keine Sterne pflücken, aber ich war der Ansicht, sie würde lügen. Irgendwann habe ich dann selbst herausgefunden, dass man keine Sterne vom Himmel holen kann, dass der Himmel über Tausende von Kilometern entfernt ist. Damit meine ich, dass sich die Realität verändert." Sheila beginnt plötzlich zu lachen. „Ich habe mir damals auch gewünscht, ein echtes Küken zu haben. Also bin ich an den Kühlschrank gegangen, habe mir ein Ei genommen und es wochenlang mit einem Kissen bebrütet. Meine Eltern haben ein Riesentheater veranstaltet, als sie es gefunden haben." Sheilas Kichern ist so ansteckend, dass mir nichts anderes übrig bleibt, als mitzulachen.

„Wenn man manche Dinge im Leben nicht weiß, ist es viel einfacher zu leben. Wenn ich heute nicht wüsste, dass man die Eier aus dem Supermarkt nicht ausbrüten kann, ich würde es wieder versuchen. Das ist die kindliche Naivität, und sie ist so schön. Die Erwachsenen wissen einfach viel zu viel, leider."

„Was hättest du mit dem Stern gemacht, wenn du ihn hättest herunterholen können?"

„Ich hätte ihn über mein Bett gehängt. Ich habe es gehasst, im Dunkeln zu schlafen", antwortet sie.

„Ich dachte immer, Sterne wären die verstorbenen Menschen, die uns von oben Licht geben und auf uns aufpassen. Als meine Oma gestorben ist, bildete ich mir am selben Abend ein, einen Stern mehr am Himmel entdeckt zu haben. Und ich war nicht mehr so traurig, weil ich wusste, sie ist dort oben", werfe ich ein.

„Das ist ein wunderschönes Bild, vielleicht stimmt es ja." Sheila träumt vor sich hin. „Und was glaubst du jetzt, wenn du die Sterne siehst?"

„Nichts besonderes mehr, ich weiß, dass sie Planeten sind, die von der Sonnen angestrahlt werden, dass sie weit weg sind, und dass sie keine Zacken wie in Bilderbüchern haben."

„Schade eigentlich". Sheila begibt sich in den Schneidersitz.

„Wieso schade? Dass sie keine Zacken haben?"

„Nein, dass die Wahrheit so berechenbar und ernüchternd ist. Wie war das für dich, als du wusstest, dass Sterne ‚nur' erleuchtete Planeten sind?"

„Daran kann ich mich nicht mehr erinnern. Das vernünftige Denken ist meist stärker als das Gefühl. Aber trotzdem glaube ich immer noch ein wenig daran", sage ich kleinlaut.

„Manche Träume und Sehnsüchte muss man bewahren, selbst, wenn sie nicht zu verwirklichen sind."

Ausgerechnet heute ist der Himmel wolkenlos und sternklar. Je mehr sich die Dämmerung ausbreitet, desto deutlicher werden die hellen Punkte.

„Ich liebe solche Nächte", schwärmt Sheila.

Es ist angenehm warm, die Grillen beginnen zu zirpen. Ich fühle mich mit Sheila verbunden, wie nie zuvor. Trotz der Glatze, die sie ausnahmsweise nicht versteckt, ist sie wunderschön. Ihre Augen wirken in der Dunkelheit noch größer als sonst.

„Ob die Sterne wohl bewohnt sind!" Sie schaut zum Himmel hinauf.

„Bestimmt", erwidere ich. „Die meisten Menschen glauben aber, wir wären die einzigen im Universum. Dabei ist es wissenschaftlich erwiesen, dass außerirdisches Leben existiert."

„Die Menschen, die Außerirdische gesehen haben wollen, werden als verrückt abgestempelt. Das Universum ist unendlich, es ist voller Planeten und Galaxien. Warum sollten sie leer sein? Da haben wir es aber wieder, was die Menschen nicht sehen, nicht untersuchen können, das gibt es nicht. Außerdem sind wir ja soo intelligent", betont Sheila ironisch.

„Deswegen zerstören wir ja auch unseren Lebensraum und letztlich uns selbst. Menschen können die Vorstellung nicht wahrhaben, dass es da draußen Wesen gibt, die intelligenter sein könnten. Ich würde gerne wissen, wie diese aussehen, wie sie leben und welche Organismen sie haben."

„Womöglich atmen sie mit den Ohren und essen mit der Nase." Sheila grinst und führt sich das Bild vor Augen.

„Sie beobachten uns mit hochentwickelten Ferngläsern, amüsieren sich über uns und stellen fest, dass wir im Gegensatz zu ihnen noch in der Steinzeit leben."

„Oder irgendwo befindet sich eine Erdkugel wie unsere, die aber um Millionen Jahre zurück liegt, auf der noch Dinosaurier das Land beherrschen." Mir macht es riesigen Spaß mit Sheila herum zu philosophieren.

„Ich kann mir kaum vorstellen, dass das Weltall unendlich sein soll. Alles muss doch ein Ende haben. Wie sieht die Unendlichkeit aus?"

„Wir denken begrenzt, deshalb können wir es uns nicht vorstellen. Auch wenn wir noch so viel erforschen, einiges werden wir nie erforschen können, weil das begrenzte Denken uns daran hindert."

„Aber wozu soll das begrenzte Denken gut sein?"

„Damit wir nicht noch mehr zerstören."

Eine kurze Redepause tritt ein. Das Grillengezirpe klingt wie sanfte Musik.

„Die Illusion, dass jedem Verstorbenen ein Stern zugewiesen wird, gefällt mir am besten", sagt Sheila.

„Ich werde doch Astronaut", sage ich scherzhaft.

„Dann musst du mich aber unbedingt auf meinem Stern besuchen kommen." Sheila sieht mich fröhlich an. Im ersten Moment schnürt es mir die Kehle zu, doch als ich Sheilas verschmitztes Lächeln sehe, gehe ich auf die Spielerei ein.

„Ich hoffe, du hast dort ein Gästezimmer."

„Das werde ich bei Petrus beantragen. Von meinem Stern aus können wir gemeinsam auf die Erde schauen."

„Ich werde mein Fernglas mitbringen. Aber wie werden wir uns verständigen? Wie erfährst du, wenn ich zu dir fliegen möchte?"

Sheila setzt ein grübelndes Gesicht auf und kratzt sich an der Stirn. Schließlich sagt sie: „Von meinem Stern aus erfahre ich doch alles, was sich auf der Erde abspielt." Sie scheint mit ihrer Antwort zufrieden zu sein. Ein Dritter würde nur ungläubig mit dem Kopf schütteln, wenn er unser offenes und unbefangenes Gespräch über den Tod mit anhören könnte.

Sheila zeigt mit ihrem Finger in den Himmel. „Da, siehst du den Großen Wagen?"

Ich richte meinen Blick nach oben und betrachte den Sternenhimmel.

„Nö, ehrlich gesagt habe ich ihn noch nie entdeckt", gestehe ich fast beschämt.

Sie deutet auf vier Sterne, die trapezförmig zueinander stehen.

„Das ist der Wagen, und vorne die zwei anhängenden Sterne bilden die Deichsel. Siehst du es?"

Ich nicke, endlich erkenne ich ihn.

Sheila bringt mir noch weitere Sternbilder bei. Ich bin fasziniert. „Woher kennst du dich so gut aus?"

„Ich habe ein Teleskop zu Hause. Wenn ich nicht schlafen kann, sehe ich mir stundenlang den Himmel an, wenn er nicht bedeckt ist."

„Hast du es auch mit in der Klink?"

Sheila schüttelt den Kopf, dann aber strahlt sie. „Du bringst mich auf eine Idee. Meine Mutter soll es mir bei der nächsten Gelegenheit mitbringen. Du darfst dann auch mal durchlugen."

„Wie großzügig von dir, vielen Dank!" Im Sitzen verneige ich mich vor ihr. Sheila knufft mich freundschaftlich in die Seite.

„Kommt deine Mutter oft zu Besuch?"

„Einmal die Woche vielleicht. Sie hat nicht viel Zeit, sie ist von Beruf Managerin in einem großen Konzern. Aber ich bin ganz froh drum. Ihre negative Ausstrahlung macht mich nervös. Sie ist nur am Nörgeln, hat an allem etwas auszusetzen und ist immer hektisch. Die Frau steht ständig unter Strom, das macht mich wahnsinnig."

„Sie ist sehr besorgt um dich, nicht wahr?"

Sheila zieht ihr eines Lid runter. „Ja ja", antwortet sie nur und blättert übrig gebliebene grüne Farbsplitter vom Geländer.

„Sie hat ein schlechtes Gewissen. Ich war immer allein als Kind, bin bei meiner Großmutter aufgewachsen, weil meine Mutter gearbeitet hat. Später, als ich älter war, wurde mir der Hausschlüssel um den Hals gehängt. Oft kam sie erst nachts heim, wenn ich schon geschlafen habe und ist morgens aus dem Haus, bevor ich aufstand. Sie hat ein schlechtes Gewissen deswegen, daher will sie jetzt die bemühte Mutter sein. Mir hat das als Kind nichts ausgemacht, dass sie nie da war. Aber sie will jetzt alles nachholen, vielleicht, damit sie sich hinterher nicht vorhalten muss, sie hätte für mich nichts getan." Sheila hält kurz inne. „Wenn sie mich wirklich kennen würde, wüsste sie, dass es das Verkehrteste ist."

„Und dein Vater?"

„Meinen Vater sehe ich ungefähr ein- bis zweimal im Jahr. Der ist geschäftlich im Ausland.

Puh, stöhne ich innerlich. Auch nicht gerade ein einfaches Leben.

„Schnell, eine Sternschnuppe! Wünsch dir was!"

Tatsächlich saust ein Stern mit einem immensen Schweif über den Himmel.

„Fang ihn auf", rufe ich und Sheila streckt die Arme hoch.

„Wenn ich jetzt die nötige Kraft zum Rennen hätte, hätte ich ihn aufgefangen, darauf könntest du wetten."

Sie lacht. „Hast du dir etwas gewünscht?"

„Na klar", antworte ich.

„Psst … nicht laut aussprechen, sonst geht es nicht in Erfüllung." Sie legt ihren Zeigefinger auf ihre Lippen.

Ich habe mir gewünscht, dass Sheila und meine Mutter wieder gesund werden. Das sind zwei Wünsche, bemerke ich gerade. Ob dann beide in Erfüllung gehen?

Stephanie Heinrich

9. Kapitel

Sheila und ich treffen uns jetzt beinahe täglich. Da ich meine Mutter morgens vor und abends nach der Arbeit besuche, liegt es nahe. Eigentlich könnte ich mir auch ein Bett im Krankenhaus aufstellen, obwohl, Betten gäbe es dort ja genug.

Die Freundschaft zwischen Sheila und mir wird von Mal zu Mal intensiver. Wir reden über alles, was uns bewegt. Sheila hilft mir mit der Ratlosigkeit und Verzweiflung wegen meiner Mutter besser klar zu kommen. Wenn ich sie nicht hätte. Bei ihr fühle ich mich verstanden. Ich überlege, ob unsere Freundschaft noch *normal* ist. Aber was ist denn schon normal? Ab und an ertappe ich mich dabei, wie ich Sheila verstohlen anschaue, wie verzaubert ich von ihren Augen bin. Manchmal erwidert sie meine Blicke mit leichter Schamesröte. Das Zusammentreffen unserer Blicke ist nur ein Bruchteil einer Sekunde, doch sie sind innig und vielsagend – bilde ich mir zumindest ein.

Wann war ich das erste Mal verliebt, um es vergleichen zu können. Mir fällt Meike ein, meine erste Freundin. Ganze drei Monate dauerte unsere Beziehung. Zu Anfang hatte ich diese berüchtigten Schmetterlinge im Bauch. Ich war in sie vernarrt, in ihr Gesicht, in ihr Lächeln, in die Art wie sie lief. Einfach in alles. Nachts habe ich von ihr geträumt, tagsüber war jede Minute, in der wir uns nicht sehen konnten, eine Qual für mich. Nach drei Monaten waren die Gefühle beiderseits wie erloschen und wir zogen einen Schlussstrich unter die ganze Sache. Anschließend hatte ich noch etliche Kurzbeziehungen, die wohl in der Jugend so üblich sind. Ich war öfters verliebt.

Ja, aber wie ist es bei Sheila? Habe ich diese Schmetterlinge im Bauch wie sonst? Oder ist es eher die Wärme im Brustkorb, die auftritt, wenn ich an sie denke?

Was ist der Unterschied zwischen Freundschaft und Liebe? Ich muss an Gesas Worte denken, die behaupteten, es gäbe keine Freundschaft zwischen Mann und Frau. Wenn ich an einem Menschen alles mag, seinen Charakter, sein Aussehen, egal ob hübsch oder hässlich, seine Art wie und was er tut, dann sprechen wir von Liebe.

Aber macht diese Aufzählung nicht auch eine Freundschaft aus? Nur, dass man Freunde nicht körperlich begehrt. Ist das der einzige Unterschied?

Vielleicht ist es das unbeschreibliche Vertrauen, das uns verbindet, und das mich verwirrt.

Dennoch hatte ich gestern das Bedürfnis, sie auf ihre weichen und geschwungenen Lippen zu küssen. Schnell habe ich es wieder verdrängt. Ich hoffe, Sheila hat es nicht bemerkt. Die Freundschaft wäre mir zu wichtig, um sie hinterher in einer zerrütteten Beziehung enden zu lassen. Freundschaft hält ja bekanntlich länger als die Liebe. Ausnahmen bestätigen natürlich die Regel.

„Wie geht es Sheila?" fragt mich Gesa, während sie langsam den Einkaufswagen durch die Regalreihen schiebt.

„Sie ist seit einigen Tagen sehr schwach, das Laufen fällt ihr schwer. Aber die Ärzte meinen, der Zustand sei wohl nur vorübergehend." Ich lege einen Laib Brot in den Wagen. „Wollen Sie den Schnittkäse von neulich wieder?"

Gesa nickt. „Seid ihr jetzt ein Paar?"

‚Nein, Gesa. Wir sind nur gute Freunde. Und das wird auch so bleiben." Damit bestätige ich es mir selbst auch noch einmal.

Gesa grinst ungläubig. Egal wie sehr ich sie mag und schätze, manchmal kann sie wirklich nervig sein.

‚Ich dachte nur, seitdem du nämlich wieder gesund bist, wirkst du so nachdenklich. Bedrückt dich etwas?" erkundigt sie sich sorgenvoll.

‚Es ist alles in Ordnung. Ich bin durch die Grippe noch ein wenig geschwächt."

Gesa weiß nichts von den Problemen mit meiner Mutter, ich verschweige es bewusst. Das liegt nicht daran, dass ich es ihr nicht anvertrauen würde, ich möchte nur nicht dauernd um dieses Thema kreisen. Schließlich ist das alltägliche Leben noch vorhanden, für mich jedenfalls.

„Hast du dich denn auch richtig auskuriert? Mit einer Grippe ist nicht zu spaßen."

‚Ich denke schon", antworte ich geistesabwesend. „Wie wäre es mit einer Wassermelone?"

„Ich habe Schwierigkeiten sie zu schneiden, lieber ein Kilo Bananen."

Also nehme ich eine Staude Bananen und lege sie zu den anderen Lebensmitteln in den Wagen.

„Dein Kollege war unmöglich."

Ich grinse, ich wusste es.

„Er hatte Angst vor Pumpernickel und stöhnte, als ich vorschlug, spazieren zu gehen. Der ist froh, wenn sein Jahr vorbei ist. Warum solche Leute überhaupt Zivildienst machen und nicht Wehrdienst?"

„Er hatte bestimmt einen schlechten Tag", nehme ich Jochen in Schutz, obwohl bekannt ist, dass er unfreundlich zu den zu Betreuenden ist.

„Haben wir alles?" Ich gehe den Einkaufszettel durch. Es ist nur eine spärliche Menge, weil mehr in Gesas Kühlschrank nur schimmeln würde.

Wir stellen uns in die Kassenschlange, bezahlen, und ich bringe Gesa und die Einkäufe zu ihr nach Hause.

Gleich danach mache ich mich auf den Weg ins Krankenhaus. Mal sehen, ob meine Mutter heute spricht.

In der Stadtmitte treibe ich eine Telefonzelle auf, und von dort aus rufe ich Sheila an, um sie zu fragen, ob wir uns treffen wollen.

„Ja?" Sheila hebt ab.

„Hallo, hier ist David. Ich besuche gleich meine Mutter und wollte dich fragen, ob wir hinterher zusammen spazieren gehen wollen."

„Ich habe heute keine Zeit", meint Sheila gereizt und kurz angebunden. Ich stutze, so kenne ich Sheila gar nicht.

„Mein Freund kommt bald."

„Dein Freund?" platzt es aus mir heraus. Den hat sie noch nie erwähnt.

„Ja, stell dir vor, sogar ich habe einen Freund."

Meine Güte, ist sie schlecht gelaunt, und ich halte es für angebracht, meinen Mund zu halten. „Gut", stammle ich verdattert. „Dann will ich auch nicht weiter stören."

„Tschüs", sagt sie und legt auf.

Eine Weile halte ich noch ungläubig den Hörer vor mir. War das wirklich Sheila? Was ist los mit ihr? Und warum hat sie noch nie erwähnt, dass sie einen Freund hat?

Verwirrt verlasse ich die Telefonzelle. Warum kann man Frauen nie durchschauen? Diesen harten Tonfall bin ich von ihr nicht gewöhnt. Wenn ich ihre Stimme nicht erkannt hätte, hätte ich sie glatt für jemand anderen gehalten.

In der Geschlossenen umhüllt mich der gewohnte Geruch, eine Mischung aus Urin, Schweiß und Zigarettenqualm. Der Pfleger schließt hinter mir die Tür ab.

„Ihre Mutter ist im Aufenthaltsraum", informiert er mich, ehe er ein Tablett mit Blutproben ins Labor trägt.

„Das dachte ich mir, danke." Wie hätte es auch anders sein sollen?

Der Aufenthaltsraum liegt am Ende der Station. Der breite Korridor ist dreckig, auf dem Boden sitzen vereinzelt Patienten, die zum Teil zusammenhangloses Zeug von sich geben. Bis vor kurzem hätte ich im Traum nicht daran gedacht, dass ich hier meine Mutter eines Tages besuchen würde. Es ist vergleichbar mit einer Anstalt aus einem schlechten Hollywood-Film. Es tut mir in der Seele weh, sie hier zu wissen. Aber uns ist keine andere Wahl geblieben.

Ich versuche, die blöden Anmachen an mir abprallen zu lassen und gehe in den Aufenthaltsraum.

„Hallo Ma."

Keine Antwort. Schweigend und in derselben Haltung wie die letzten Tage sitzt sie am Fenster und starrt auf die grünen Bäume des Krankenhausparks.

„Wie geht es dir heute?" Ich setze mich ihr gegenüber und lächle sie an. Wieder keine Reaktion.

Da beschließe ich zu erzählen, von mir, von Gesa und von Sheila.

Ich erzähle und erzähle, ich habe den Zwang, die drückende Stille füllen zu müssen, diese Stille, die für mich unerträglich ist.

„Du musst dir Mühe geben. Schließlich ist bald unser Konzert, da musst du unbedingt dabei sein", muntere ich sie vergebens auf. Zur Bandprobe muss ich nachher auch noch. Wenn ich nur wüsste, wie ich meine Mutter aus ihrem Schweigen herauslocken könnte. Innerlich seufze ich und weiß mir keinen Rat. In der Hoffnung, auf den Arzt zu treffen, verabschiede ich mich von ihr, nachdem ich eine ganze Stunde von Gott und der Welt geredet habe.

Und per Zufall begegne ich Dr. Fröhlich auf dem Gang.

„Guten Tag, Herr Junker", ruft er mir freundlich zu.

Ich gebe ihm die Hand. „Haben Sie einen Moment Zeit für mich?" bitte ich und er stimmt sofort zu.

Langsam gehen wir nebeneinander den Korridor entlang.

„Ich mache mir Sorgen um meine Mutter", beginne ich. „Dass sie nicht spricht, macht mir Angst."

„Das macht uns, ehrlich gesagt, auch Sorgen", gesteht er.

„Vielleicht liegt es an der Station", ziehe ich vorsichtig in Betracht und schaue mich unweigerlich um. Hier muss man doch krank werden.

„Unsere Station ist nicht die allerschönste, das muss ich zugeben. Ihre Mutter soll hier auch nur vorübergehend bleiben, bis wir die Suizidgefahr ausschließen können. Im Moment ist sie diesbezüglich leider noch nicht über den Berg. Sobald sie nicht mehr suizidal ist, verlegen wir sie sofort auf die offene Station, wo dann das richtige Therapieprogramm anfängt."

„Woher sollen wir denn wissen, ob sie nicht mehr gefährdet ist, sie redet doch keinen Ton."

„Verlassen Sie sich auf uns, auch wenn es auf dem ersten Blick nicht danach aussieht, aber sie ist bei uns in den besten Händen." Er klopft mir beruhigend auf die Schulter.

Ich beschließe, dem Arzt einfach zu glauben.

Trotz der bleiernen Müdigkeit finde ich in dieser Nacht keinen Schlaf. Mein Kopf ist voll mit Gedanken, die mich im Bett umherwälzen lassen. Wenigstens war vorhin die Probe mit der Band ein Erfolg, ich war gut drauf und mit Marco habe ich mich bestens verstanden. Solange man funktioniert, hat man ihn zum besten Freund. Den Erfolg heute Abend hatte ich auch bitter nötig.

Ich denke viel über Sheila nach. Ich kann ihre ruppige Art am Telefon nicht nachvollziehen, egal wie ich es drehe und wende, ich komme zu keinem Ergebnis, das ihr Verhalten erklärt. In der Verfassung habe ich sie noch nicht erlebt, bestimmt ging es ihr nicht besonders, sie ist in letzter Zeit ohnehin so schwach gewesen. Oder sie hat ihre Tage. Ich grinse über das typische Männerdenken, von dem ich zuweilen nicht verschont bleibe.

Sie ist also in einer Beziehung, vielleicht ist auch das der ausschlaggebende Grund, der mich so ins Grübeln bringt. Warum hatte sie nie davon erzählt? Bin ich enttäuscht über das Verschweigen oder enttäuscht über die Tatsache? Du bist doch wohl nicht eifersüchtig, ermahne ich mich. Eine Beziehung zu Sheila hätte ohnehin keinen Sinn, dazu ist unsere Freundschaft zu außergewöhnlich, und ich hätte Angst das Unbefangene zwischen uns zu verlieren, unsere tiefe gedankliche Verbundenheit durch körperliches Begehren womöglich kaputt machen. Klar, man kann nie in die Zukunft schauen, eventuell würde es funktionieren, aber was, wenn nicht?!

Dann wäre die wundervolle Zeit mit ihr vergebens.

Ich bin so im Nachdenken verstrickt, dass es mir noch immer nicht gelingt, einzuschlafen. Genervt knipse ich das Licht an und hole mir Zettel und Stift. Ich möchte versuchen, mein ganzes Gedankenwirrwarr aufzuschreiben, vielleicht erlange ich dadurch wieder Klarheit. Wie von Geisterhand gleitet der Stift über das Papier, ich bin nicht unangenehm überrascht, was dabei herauskommt.

Verwunschene Liebe, empfangen durch Nähe.
Verwirrte Gefühle nicht zu befreien.
Die Seele schwarz wie eine Krähe,
um ihre Flügel zu entweihen.

Chaos täuscht das Leben,
scheinbar ist alles verloren,
zuviel Kraft und Stärke gegeben,
zur Floskel des Schicksals erkoren.

Gefangen in der inneren Sehnsucht,
die Vernunft wird siegen,
der Wunsch nach einer sicheren Bucht,
und sich nicht nach Strich und Faden verbiegen.

Zufrieden lege ich den Stift beiseite. Das fasst meinen Gefühlszustand in etwa zusammen. Ich sollte anstatt Astronaut lieber Poet werden. Als kleiner Junge hätte ich mich daran wahrscheinlich festgehalten. Ich hätte es mir so einfach vorgestellt wie den Rest des Lebens. Jetzt möchte ich endlich schlafen.

10. Kapitel

„Es tut mir Leid wegen neulich", stammelt Sheila und leckt an ihrem Eis. Es ist eine furchtbare Hitze, die sich kaum im Schatten aushalten lässt.

„Was tut dir Leid?"

„Na, dass ich letztens so grantig zu dir war. Du weißt schon, am Telefon."

„Ach so", fällt mir wieder ein. „Das macht doch nichts. Ich habe mich nur gewundert, was mit dir los ist. So kenne ich dich gar nicht. Ging es dir nicht gut?"

Sheila schüttelt langsam den Kopf.

Ich denke an ihren Freund. „Ich wusste nicht, dass du einen Freund hast."

„Er besucht mich auch nicht oft. Er studiert in Prag, deshalb sehen wir uns so selten."

Sheila ist in sich gekehrt, sie wirkt unheimlich traurig, gar nicht so lebensfroh wie sonst. „Aber wir lieben uns sehr", wirft sie ein. „Er ist mein Traummann."

Ich nicke bedächtig und spüre eine Art Eifersucht in mir hochsteigen. David, reiß dich zusammen, warnt mich meine innere Stimme.

Sheila wirft den Rest ihres Eises in den nächsten Abfalleimer.

„Ich bin satt", stöhnt sie und hält sich den Bauch.

Wir schlendern weiter durch den Krankenhausgarten. Sheila ist sonderbar ruhig, was mir Sorge bereitet.

„Was ist los mit dir?" frage ich sie. „Dich bedrückt doch etwas."

„Wollen wir uns setzen? Mir ist es zu heiß, um lange zu laufen." Sie zeigt auf eine leere Bank im Schatten der Bäume. Erst jetzt bemerke ich, dass Sheila humpelt.

Sie atmet tief durch.

„Was ist los?" wiederhole ich meine Frage deutlicher betont.

„Mein Bein tut nur weh, es ist nichts Schlimmes", sie lächelt verkrampft. „Ich muss mich irgendwie vertreten haben. Mach dir keine Sorgen."

„Haben die Ärzte es schon untersucht?“

„Nein noch nicht, aber morgen ist das wieder vorbei. Es ist wirklich nichts Weltbewegendes.“ Sie sieht mir überzeugend in die Augen. „Wirklich nicht“ verschärft sie.

Dann sitzen wir eine Weile auf der Bank und schweigen. Sheila ist ein Mensch, mit dem ich gut schweigen kann. Wir müssen nicht immer den Raum mit Worten füllen. Oft ist es mir unangenehm, wenn ich mit Leuten nichts rede, weil wir nicht wissen, was wir sagen sollen. Aber bei Sheila ist es etwas anderes, selbst die Stille ist sinnvoll.

„Glaubst du eigentlich an Gott?“ durchbricht sie schließlich die Stille.

„Nein, wohl eher nicht“, antworte ich nachdenklich. „Du?“

„Ja. Also vielleicht nicht so, wie er in der Bibel beschrieben wird, aber ich glaube an eine höhere Macht, egal welches Erscheinungsbild sie haben mag. Ich stelle mir Gott nicht mit einem weißen Rauschebart vor.“ Sie kichert. „Ich habe keine bildliche Vorstellung von ihm. Das ist aber auch unwichtig, Hauptsache, ich fühle ihn.“

„Wie fühlst du denn Gott?“ möchte ich ungläubig wissen.

„Wenn es mir nicht gut geht oder wenn ich einsam bin, dann fange ich an, mir meinen Kummer von der Seele zu reden. Ich plappere und plappere in die Leere hinein und während ich erzähle, habe ich plötzlich das Gefühl es ist jemand bei mir, bei mir im Raum. Ich spüre, dass jemand zuhört und mir eine gewisse Geborgenheit gibt. Es ist ein irres Gefühl, und ich kann es nicht beschreiben. Früher habe ich auch nie an Gott geglaubt.“

„Als Kind habe ich an Gott geglaubt“, sage ich. „Ich bin sogar ab und zu in die Kirche gegangen. Nun fällt es mir schwer an ihn zu glauben. Dafür gibt es zu viele Kriege und Hungersnöte. Wenn es Gott tatsächlich gäbe, so, wie er verherrlicht wird, warum behebt er nicht das ganze Elend? Warum lässt er Kriege zu? Wenn er allmächtig ist, kann er doch zumindest den Hass zwischen den Menschen stoppen. Das ist der Grund, warum ich an keinen Gott glaube.“

Sheila runzelt nachdenklich die Stirn, dann meint sie: „Würdest du dir von deinem Vater vorschreiben lassen, wen du zu leiden hast und wen nicht? Oder könnte er dich von Dummheiten abhalten?“

„Nein, natürlich nicht“, antworte ich ärgerlich. Was hat mein Vater damit zu tun? Warum lässt sie ihn nicht aus dem Spiel? „Von meinem Vater würde ich mir nichts vorschreiben lassen, aber auch rein gar nichts."

„Siehst du, du würdest dir von deinem nichts aufzwingen lassen."

„Ja, und?" Könnte sie vielleicht mal Klartext sprechen?

„Ich stelle mir Gott als eine Art Vater vor. Er schenkt uns das Leben, er hat die Erde und die Organismen geschaffen und hat alles in unsere Hände gelegt. Er hat uns eine gewisse Verantwortung geschenkt. Was die Menschen aus ihrem Leben machen, liegt also in ihren Händen. Es ist unsere Schuld, wenn wir unseren Lebensraum und unser Leben ruinieren."

„Aber wenn es Gott gibt, müsste er doch einschreiten."

„Nein, warum? Dann hätten wir doch nicht mehr unser eigenständiges Leben, dann wären wir alle nur Roboter."

„Und was ist mit kleinen Kindern, die unschuldig sterben, die Opfer von Kriegen werden?" Mir will die Sache nicht in den Kopf.

„Gott schenkt uns *unser* Leben und schenkt uns das Leben unserer Kinder. Und wir werden beauftragt, die Kinder groß zu ziehen, so gut es in unserer Macht steht."

„Aber wie viele lassen ihre Kinder verkommen, verprügeln und misshandeln sie. Da müsste Gott doch einschreiten."

„Da wären wir wieder am Anfang. Wenn er überall einschreiten würde, gäbe es kein Leben. Wir wären alle Marionetten, und er hätte die Fäden in der Hand."

„Findest du nicht, dass er zwischen Gut und Böse unterscheiden müsste?"

„Ich denke, für ihn gibt es kein Gut und Böse. Für ihn sind alle Menschen gleich, egal, was sie angestellt haben."

„Du glaubst also nicht an die Hölle, obwohl es einige Menschen verdient hätten?"

„Nein, ich glaube, Gott ist neutral, weder männlich noch weiblich, weder gut noch böse. Sonst wäre er ja ein Mensch wie wir. Warum sollte er die Hölle erschaffen?"

„Mhm …", antworte ich daraufhin nur. Sheilas Einstellung ist hochinteressant, aber sie ist noch einige Überlegungen wert, um mich im weitesten Sinne mit ihr anzufreunden.

„Du glaubst auch ein bisschen an Gott, nicht wahr?" fragt sie augenzwinkernd. „Sonst könnte ich mit dir keine solche Diskussion führen."

„Wenn Gott wirklich existieren würde, warum gibt er niemals ein Zeichen?"

„Er signalisiert uns, dass es ihn gibt. Du musst nur lernen, diese Zeichen zu erkennen.“
„Mhm …“, sage ich wieder.

„Das ist meine Meinung, ich weiß nicht, ob sie die richtige ist. So stelle ich mir Gott vor, nicht wie aus der Bibel. Aber wie gesagt, das ist *meine* Vorstellung. Die Leute müssen selbst ihren Glauben finden. Jeder versteht Gott anders, aber das ist nicht ausschlaggebend. Hauptsache, du hörst auf dein Gefühl, und wenn du erst mal deinen Glauben gefunden hast, dann hast du vor fast nichts mehr Angst, weil du weißt, dass du nicht allein bist.“

Sheila bringt mich mit ihren Aussagen immer wieder zum Staunen. Welches Potenzial steckt in diesem Mädchen, das genauso alt ist wie ich? Ich komme mir so oberflächlich vor und scheine nichts von der Welt zu verstehen.

Die Turmuhr in der Ferne schlägt fünf Male.

Ich springe auf. „Ich muss noch meine Mutter besuchen“, rufe ich und fasse mir an die Stirn. Ich helfe Sheila hoch und wir gehen gemeinsam zum Klinikeingang.

„Deine Mutter ist übrigens sehr nett“, meint Sheila beiläufig. Verwundert bleibe ich stehen. „Woher weißt du das?“

„Ich habe mir heute morgen erlaubt, sie zu besuchen. Wir haben uns lange unterhalten.“

„Ihr habt was?“ Ich traue meinen Ohren nicht.

„Uns unterhalten“, sagt Sheila gedehnt.

„Sie hat gesprochen?“

„Das kann man wohl so nennen. Sie hat geplappert wie ein Wasserfall, und ich glaube, du brauchst dir nicht mehr die schlimmsten Sorgen zu machen. Sie klang nicht danach, sich noch einmal das Leben zu nehmen.“

„Wie hast du sie zum Sprechen gebracht?“

„Ich habe ihr nur gesagt, dass ich eine Freundin von dir bin, und dass du dir große Sorgen machst – mehr nicht.“

Ich falle ihr überglücklich um den Hals und drücke ihr einen Kuss auf die Wange. „Sag mal, bist *du* vielleicht Gott?“

Sheila wirft ihren Kopf in den Nacken und lacht.

„Hey, jetzt übertreibe nicht, ich habe mit ihr gequatscht, nichts weiter.“

Meine Mutter hat geredet, ich kann es nicht fassen. Nun wird doch alles gut!

Meine Mutter steht auf dem Gang, als die schwere Tür hinter mir ins Schloss fällt. Sie begrüßt mich freudig. Sie trägt die Kleider, die ich ihr am Anfang mitgebracht habe, wo ich die Befürchtung hatte, sie würden wochenlang in ihrem abschließbaren Spind hängen.

Ich umarme meine Mutter, dieses Mal umarme ich sie, weil ich das Bedürfnis habe.

„Hübsch siehst du aus", lobe ich sie, und es stimmt. Ihre Ränder um die Augen sind nicht mehr ganz so bedrohlich wie sonst. Ihr Haar ist gewaschen und gekämmt.

Sie lächelt und hakt sich bei mir ein. Wir gehen ein paar Schritte gemeinsam.

„Dir geht es besser, nicht wahr?"

„Ja, um einiges besser. Nächste Woche werde ich auf die offene Station verlegt."

„Ich bin so glücklich, dass du wieder sprichst", sage ich.

„Mein Mund war wie zugeschlossen, ich weiß nicht, warum."

„Ich habe gehört, dass du Besuch hattest", spreche ich an und muss bei dem Gedanken grinsen.

Meine Mutter nickt. „Sheila ist ein nettes Mädchen. Sie hat mir die Augen geöffnet, und das habe ich wohl auch gebraucht. Wir haben lange geredet. Sie ist sehr klug. Wenn sie gesund ist, sollte sie Psychotherapeutin werden, sie hat das Zeug dazu."

„Was hat sie denn zu dir gesagt?"

„Das kann ich nicht genau wiederholen. Sie hat mir Mut zugesprochen und Kraft gegeben. Es kam mir vor, als ob du ihr sehr wichtig wärest. Sie hat dich des öfteren erwähnt. Zwischen euch hat sich eine enge Freundschaft entwickelt, habe ich Recht?"

„Ja, so mehr oder weniger"' sage ich abweisend, um mir nicht von noch jemandem eine Verliebtheit einbläuen zu lassen.

„Das wäre ein Mädchen für dich", schwärmt sie ungeachtet.

Ich rolle mit den Augen. Es reicht schon, wenn Gesa mir ununterbrochen eine Beziehung zu Sheila aufzuschwatzen versucht. Zumal ich meinen Empfindungen selbst im Zwiespalt stehe. „Du musst jetzt an erster Stelle an dich denken", wechsle ich das Thema.

„Ich mache drei Kreuzzeichen, wenn ich hier draußen bin", stöhnt meine Mutter. „Die Therapien auf der offenen Station sind für mich, denke ich, nicht notwendig. Ich möchte nach Hause, ich bin wieder fit."

„Nichts da“, falle ich ihr ins Wort. „Du ziehst das durch.“ Und wieder schlüpfe ich in die Rolle eines Vaters, der seine kleine Tochter zur Vernunft bringen will.

Die kleine Tochter kaut bedächtig an ihren Fingernägeln.

„Wenn, dann tu ich das nur für dich“, willigt sie nach einer langen Gedenkpause ein.

„Eine größere Freude könntest du mir nicht machen“, antworte ich, nehme ihre Hand und drücke sie anerkennend. „Du schaffst das, wir schaffen das!“

Sie verzieht ihre Mundwinkel zu einem kurzem Lächeln, dann wendet sie den Blick zu Boden.

„Du musst die Trennung von Papa verarbeiten“, flüstere ich. Hier traue ich mich diese heikle Thematik endlich anzusprechen, denn hier kann ihr nichts passieren. Sie hat weder die Möglichkeit sich zu besaufen noch Hunderte von Schlaftabletten zu schlucken. Das Ereignis von damals kommt endlich auf den Tisch ohne schreckliche Folgen fürchten zu müssen.

„Ich habe das verarbeitet, schließlich ist es schon lange her“, meint sie.

„Du hast es nicht verarbeitet, sonst wärest du nicht hier.“

Die Augen meiner Mutter füllen sich plötzlich mit Tränen, sie unterdrückt ein Schluchzen. Ich lege einen Arm um sie.

„Ist es meine Schuld, dass dein Vater damals einfach gegangen ist? Bin ich daran Schuld“, fragt sie nach langem Zögern.

Ich drücke sie an mich und tröste sie: „Nein, es ist nicht deine Schuld, ganz bestimmt nicht.“

„Ich habe doch alles für ihn getan, warum hat er uns im Stich gelassen?“ Sie kann das Schluchzen nicht mehr zurückhalten. Sie vergräbt sich in meine Arme und ihr Körper wird von Heulkrämpfen nur so geschüttelt.

„Weil er ein Arschloch ist“, beantworte ich sarkastisch ihre Frage.

„Wir waren eine glückliche Familie, und von heute auf morgen war alles kaputt. Wenn ich nur wüsste, was ich falsch gemacht habe.“

In mir baut sich eine maßlose Wut auf, eine Wut auf meinen Vater.

„Ich habe ihn so geliebt, ich liebe ihn heute noch.“

„Er ist es nicht wert, dass du ihn liebst.“

Meine Mutter versinkt in einem Film der Erinnerungen. Mit starrem Blick erzählt sie davon. „Manchmal habe ich ihn gehasst. Ich habe oft überlegt, ob wir beide ihn verlassen sollen, gerade dann, wenn er mich wieder geschlagen hatte."

„Er hat was?" frage ich fassungslos. Ich hatte nicht den blassesten Schimmer.

Meine Mutter antwortet nicht, sondern senkt ihr Kinn auf die Brust. Ich drücke sie noch fester an mich und spüre, wie meine Wut sich in unbändigen Hass verwandelt. Wenn er jetzt hier wäre, ich würde ihn kalt machen, ich könnte für nichts garantieren.

Ich lasse mir in der Gegenwart meiner Mutter nichts anmerken, aber dennoch brodelt es in mir.

„Ma, wir werden es schaffen. Du wirst wieder gesund, ich bin bei dir!"

Und so sitzen wir noch eine halbe Ewigkeit Arm in Arm und heulen beide. Ich bin froh darüber, dass meine Mutter endlich einmal offen und ehrlich zu mir ist.

Zuhause muss ich meinem Frust freien Lauf lassen. Wie neulich nehme ich mir meinen Schreibblock zur Hand und verfasse einen Brief an meinen Vater, in dem ich meine ganze Wut und den Hass zum Ausdruck bringe. Ob ich ihn anschließend abschicke ist noch fraglich. Hauptsache, ich kotze mich aus.

Wie vor jedem Briefbeginn muss ich erst die passenden Worte finden. Etliche Zettel landen zerknüllt im Papierkorb. Die ersten Sätze sind immer am schwierigsten. Irgendwann ist mir das auch egal und ich schreibe einfach drauf los.

Hallo Papa,

Ich fange nicht mit diesem Gedöns von wegen „wie geht's dir – mir geht's gut", etc. an, sondern schreibe gleich, was ich dir mit diesem Brief sagen will. Ich möchte mich auch nicht für das Geld bedanken, welches du mir vor einigen Wochen geschickt hast. Wenn ich mich dafür bedanken würde, wäre es nur eine Lüge, und dieser Brief soll ein ehrlicher Brief sein. Mit Lügen und Unwahrheiten habe ich mich genug rum geschlagen. Es ist mir wichtig, meine Gefühle und Gedanken dir gegenüber offen darzulegen,

Liebe Patientin, lieber Patient,
bitte bleiben Sie morgen früh
zwischen 06:30 und 08:00 Uhr
zur Blutentnahme auf Ihrem Zimmer
Ihr Stationsteam

…ber ein wenig Klarheit verschaf-
…die Gelegenheit dazu gegeben.
…ettenüberdosis in die Geschlos-
…. Das wird dich wahrscheinlich
…en, aber für mich, als deinem und
…schneidendes Erlebnis, das mich
…über die Zukunft, aber auch über

…gt, bin ich der Meinung, dass du
…momentanen Befinden beiträgst.
…aben können – du natürlich nicht!
…chste Lösung zu gehen, alles hin-
…wissen, wie es für die Zurückge-
…uptsache, du fühlst dich gut. Das
…dein Lebensmotto. Du bist der
…n Buche steht.
…lassen! Du hast Mama in ihre
…ihr Leben von heute auf mor-
…ht hast, ohne einmal an uns zu
…n vor vollendete Tatsachen zu stel-
…ne jegliches Gespräch zu führen, ist ziemlich mies, gerade dann, wenn eine Familie daran beteiligt ist. Dass du sie auch geschlagen hast, habe ich vorhin erfahren. Ich wusste davon nichts, und wünschte, ich hätte davon gewusst. Du würdest dein Leben nicht mehr genießen. Es ist nicht meine Art, einen Menschen derart abzulehnen und Hass zu empfinden, aber bei dir geht mir das von der Hand. Ich habe noch nie jemanden so verachtet wie dich!

Ich hoffe, dass du dich nie mehr meldest, und wenn du das nächste Mal meinst, mir Geld schicken zu müssen, überweise es lieber gleich der Obdachlosenhilfe. Dort bringt es wenigstens ein bisschen Freude.

Du bist vielleicht mein Erzeuger, aber nicht mein Vater!

David

Ich lese den Brief noch einmal sorgfältig durch, ehe ich ihn mit in die Küche nehme und im Spülbecken verbrenne. Beinahe feierlich und erlöst blicke ich in die auflodernde Flamme, die Stück für Stück das Papier auffrisst.

Die Asche schwemme ich mit Wasser in den Ausguss. Jetzt geht es mir besser, ich fühle mich befreit.

Stephanie Heinrich

11. Kapitel

Gesas 98. Geburtstag. Sie hat viele Leute eingeladen, mit dem Argument, es könnte ihr letzter sein. Alle ihre Bekannten, übriggebliebenen Freunde und Verwandten kommen. Sogar Sheila ist eingeladen – als meine Begleitperson. Offenbar denkt sie noch immer wir wären ein Paar. „Findest du es nicht komisch, dass ich eingeladen bin?“ fragt Sheila.

Ich schiebe sie im Rollstuhl, die Kraft zum Laufen verliert sie von Tag zu Tag ein Stückchen mehr. Sheila sieht bezaubernd aus in ihrem weißen Sommerkleid und dem zum Turban gewickelten Blumentuch. Die Männer schauen ihr hinterher, ich denke, weniger wegen des Rollstuhls, sondern eher wegen ihrer Schönheit.

„Sie mag dich halt“, antworte ich. Gesas Glauben, wir wären zusammen, verschweige ich lieber.

„Wie soll sie mich denn bitteschön mögen, wenn wir noch nie ein Wort miteinander gewechselt und uns nur von weitem gesehen haben?“

„Gesa hat oft den siebten Sinn, sie mag Menschen, bevor sie sie kennt. Das ist das Besondere an ihr.“

„Ich war schon lange nicht mehr auf einer Feier“, sagt Sheila in Gedanken versunken. „Hoffentlich gaffen mich die Leute nicht so an.“

„Und wenn, dann gaffen sie nur, weil du heute so wunderschön bist“, muntere ich sie auf.

Sheila boxt mir lachend mit ihrem Ellenbogen in den Bauch. „Du alter Schmeichler. Lass das ja nicht Kai hören.“

„Ist er so eifersüchtig?“

„Und wie! Er weiß auch nicht, dass wir beide befreundet sind. Er ist so eifersüchtig, weil er so weit weg ist. Aber er liebt mich, dreimal täglich ruft er mich an, um sich zu erkundigen wie es mir geht. Ich hätte nicht gedacht, dass er noch zu mir hält.“

„Die Liebe hält einiges aus“, meine ich und spüre, wie sich mein Magen zusammenkrampft. „Wenn ich Kai wäre, würde ich das Studium erst mal sein lassen und mich um meine Freundin kümmern. Ich würde es nicht aushalten, wenn sie in Deutschland im Krankenhaus läge und ich etliche Kilometer von ihr entfernt wäre“, gebe ich zu und warte auf Sheilas Reaktion.

„Was soll er denn machen? Das Studium in den Wind blasen, nur um jede Minute an meinem Bett zu sitzen und mir Händchen halten zu können? Ich würde das nicht ertragen, einen Freund zu haben, der überfürsorglich ist. Es reicht doch, wenn wir telefonieren und er ab und an zu Besuch kommt.“ Sheila ist über meine Aussage sichtlich verärgert. Keine Ahnung, warum. Vielleicht habe ich einen wunden Punkt getroffen.

„Ich meine ja nur …“ antworte ich und belasse es dabei, schließlich möchte ich mit Sheila keinen Streit wegen Beziehungserwartungen anfangen. Außerdem sind wir gleich da.

„Hier wohnt Gesa?“ fragt Sheila beeindruckt, als wir durch das große Eisentor die Einfahrt hinaufgehen. Sie bewundert den wildwachsenden Garten, der das Haus umrahmt. Wir hören ein lautes Rascheln aus dem Gebüsch neben uns und im selben Augenblick kommt Pumpernickel aus den Blättern gewuselt.

„Pumpernickel“, rufen Sheila und ich aus gleichem Mund und lachen über unsere Reaktion. Pumpernickel kläfft vor Freude und springt an mir hoch. Vor dem Rollstuhl hat er Respekt, dennoch, nach gutem Zureden Sheilas überwindet er seine Angst und springt letztlich auch an Sheila hoch.

„Du kennst mich noch, stimmt' s? Ich war die Tante, die dir damals die Würstchen spendiert hat.“ Sheilas Augen leuchten, sie beugt sich zu dem Hund runter und streichelt ihm über das borstige Fell. Pumpernickel dreht sich sofort genussvoll auf den Rücken.

Die Einfahrt ist zugeparkt mit Autos, offenbar sind schon viele Gäste da. Die Haustür steht offen. Pumpernickel läuft bellend voran, als ob er unseren Besuch ankündigen wolle. Laute Stimmen ertönen aus dem Wohnzimmer.

„Wenigstens ist das Haus behindertengerecht“, stellt Sheila halb ernst und halb belustigt fest. Das Wohnzimmer ist voll, die jüngeren Gäste essen an kleinen runden Stehtischen, die älteren sitzen auf dem Sofa oder am Esstisch.

„Da kommt ja mein Lieblingsenkel mit seiner Begleitung“, begrüßt uns Gesa, und mir ist ihre Begrüßung peinlich – ihr Lieblingsenkel mit Begleitung.

„Alles Liebe zum Geburtstag“, gratuliere ich ihr und Gesa schlingt ihre Arme um mich. Ich überreiche ihr einen großen Blumenstrauß, den Sheila und ich zuvor besorgt hatten.

„Das ist aber lieb von euch“, bedankt sie sich glücklich, dann wendet sie sich Sheila zu. „Es freut mich sehr, dass du mitgekommen bist“, sie reicht ihr die Hand. „Dich wollte ich schon immer einmal kennen lernen.“

Sheila lächelt höflich. Ich helfe ihr, sich aus dem Rollstuhl zu erheben. „In der Küche ist ein Büfett aufgebaut.“ Gesa gesellt sich wieder zu ihren Gästen.

Sheila hakt sich bei mir ein und wir suchen einen freien Sitzplatz, das ist bei den vielen alten Leuten nicht leicht.

Gesa war lange in der Kirche tätig, deshalb ist die halbe Gemeinde hier versammelt. Eine aufgetakelte junge Frau mit einem kleinen Kind an der Hand trägt einen voll beladenen Teller zu einem der Stehtische. Das müsste Gesas Enkelin sein, sie wirkt auf Anhieb unsympathisch.

„Soll ich dir etwas zu Essen holen?“ frage ich Sheila.

„Gerne, danke.“

Ich gehe in die kleine Küche, wo sich die Gäste um das Büfett drängeln. Ich nehme zwei Teller und stelle mich hinten an. Kurz bevor ich an der Reihe bin, tippt mir jemand von hinten an die Schulter.

Ich drehe mich um und blicke in das stark geschminkte Gesicht der aufgetakelten Frau. „Sie sind der Betreuer meiner Großmutter, nicht wahr?“ Ich wusste es.

„Ähm … na ja … sozusagen“, stammle ich. „Ich bin Zivildienstleistender.“

„Das ist Jacke wie Hose. Ich würde mich gerne mit Ihnen über meine Großmutter unterhalten.“

Ich stöhne innerlich und blase unwillkürlich die Backen auf. Ohne eine Antwort abzuwarten, legt sie in einer unangenehmen Schrille los, dass es jeder hören kann.

„Ist es nicht Wahnsinn, wie alt sie heute wird? Mancher würde davon träumen, so ein Alter zu erreichen.“ Schöne Einleitung, denke ich sarkastisch. „Sie ist für ihre achtundneunzig Jahre noch relativ fit, dennoch bin ich in großer Sorge um sie.“ Diese übertrieben gewählten Worte bringen mich bald zum Platzen. „Das große Haus ist für sie doch gar nicht mehr zu bewältigen. Sie könnte fallen und niemand würde es merken. Verstehen Sie, was ich meine?“

Und ob ich verstehe.

„Gesa trägt immer einen Piepser, den Hausnotruf, bei sich, den sie im Ernstfall betätigen kann und ein paar Minuten später ist jemand vom Hilfsdienst da. Das wäre also das geringste Problem“, würge ich sie ab.

Vor Nervosität schwillt ihre Halsader an.

„Eine alte Dame wie sie muss rund um die Uhr betreut werden, man darf sie nicht mehr allein lassen.“

„Falls Sie auf ein Altersheim ansprechen, denke ich, wäre es das Schlimmste, was Sie Ihrer Großmutter antun könnten.“

„Ich habe ein wunderschönes Seniorenstift ausfindig gemacht. Dort wäre ein Platz frei. Eine alte Frau in diesem riesigen Haus ist unvorstellbar. Ich wohne mit meinem Mann und meiner Tochter in einer Mietwohnung.“ Aha, sie hat sich verraten.

„Solange Gesa noch bei gesundem geistigen Verstand ist, sollte sie selber entscheiden, was gut für sie ist. In einem Altersheim würde sie verkümmern, das würde sie nicht ertragen.“

Der Frauen zucken die Augenlider. Ich glaube, sie hat ein echtes Problem.

„Wenn Sie mich jetzt bitte entschuldigen würden“, beende ich das Gespräch und bediene mich am Büfett. In mir hat sie sich den falschen Gesprächspartner ausgesucht. Als ich zurück ins Wohnzimmer komme, unterhalten sich Sheila und Gesa angeregt. Dicht sitzen sie beieinander und sprechen in gedämpfter Lautstärke.

Ich stelle Sheilas Teller vor ihr auf den Tisch, grinse den beiden zu und geselle mich für eine Weile zu meinem Chef, der auch eingeladen ist.

„Grüß dich, David!“ Er haut mir kumpelhaft zwischen die Schulterblätter. „Sagenhaft, die alte Dame, was? Wenn meine Mutter doch nur auch so fit wäre. Sie ist sechsundsiebzig und ständig am Jammern.“ Wir lachen.

„Wenn da die Enkelkinder nicht wären, die Gesa mit aller Gewalt in ein Altersheim stecken wollen, weil sie scharf auf das Haus sind“, sage ich hinter vorgehaltener Hand.

„Tja, manche geiern eben nur nach dem Erbe.“ Er schüttelt den Kopf über solche Unmenschlichkeit. Mein Chef ist ein lockerer Mann, mit dem man über alles reden kann, und er ist für jeden Scherz bereit. Wir Zivis sind froh, so einen Chef zu haben.

„Ist das deine Freundin?“ Er zeigt mit einer Kopfbewegung zum Sofa.

„*Eine* Freundin“, korrigiere ich ihn und nicke.

„Ist sie krank?“

„.Ja, sie hat Krebs. Es geht ihr nicht sonderlich gut.“

Mein Chef atmet tief durch und wischt sich einen Schweißtropfen von seiner Stirn. Gesa steht mühsam auf und geht langsam in die Küche.

Ich verabschiede mich fürs Erste von meinem Chef und setze mich zu Sheila. „Hast du keinen Hunger?“ frage ich sie, als ich ihren unangerührten Teller sehe. Sie schüttelt den Kopf.

„Gesa ist genauso, wie du sie mir beschrieben hast. Sie ist eine tolle Frau“, schwärmt sie.

„Ihr habt euch nett unterhalten, stimmt' s?“

„Wir hatten ein ganz tolles Gespräch, ich hätte mich noch stundenlang mit ihr weiter unterhalten können.“

Ich erzähle Sheila von der Enkeltochter, sie ist fassungslos. „Die soll mir mal unter die Augen treten, der würde ich was singen, darauf kannst du dich verlassen.“

Ich beobachte, wie die Enkelin angespannt ihrer kleinen Tochter das Kleidchen abklopft.

„Sag mal, willst du wirklich nichts essen?“

Sheila schiebt den Teller von sich, sie ist plötzlich unheimlich blass.

„Geht es dir nicht gut?“

„Kannst du mit mir zur Toilette gehen?“ bittet sie mich leise und ich merke, dass ihr ihre Bitte peinlich ist.

„Na klar“, antworte ich und helfe ihr hoch. Stützend bringe ich sie zur Toilette. Auf dem Weg dorthin überfällt ein Zucken ihren Körper.

„Ich glaube, ich muss kotzen“, sagt sie und hält sich ihre Hand vor den Mund. Ich beschleunige die Schritte und wir schaffen es gerade noch rechtzeitig bis zur Kloschüssel. Sheila erbricht sich, während ich ihr den Nacken massiere. Mich erinnert die Szene an den Selbstmordversuch meiner Mutter.

Ich versuche sie zu beruhigen, Sheila schluchzt und würgt.

„David, ich kann mich nicht mehr bewegen.“ In ihrer Stimme schwingt Panik mit und die Tränen strömen über ihre Wangen.

„Ganz ruhig, gleich ist es vorbei. Ich bin bei dir.“

Sheila sinkt in meine Arme, ihr Körper ist verkrampft. Ich wische mit einem Stück Klopapier ihren Mund ab. Wenn das Kai wüsste.

„Mir ist so schlecht", stöhnt sie. „Kannst du mich mal ganz festhalten?"

Ich schlinge meine Arme um sie und wiege sie sachte hin und her, so wie sie es mit mir in jener Nacht getan hat, als ich die Umarmung brauchte. Langsam löst sich ihre Anspannung. Draußen hämmert schon jemand ungeduldig an die Tür.

„Moment", rufe ich.

„Ich hasse Chemo", sagt sie schwach, und ich kann sie gut verstehen.

„Bald ist es vorbei", tröstet sie sich selbst und mir wird flau im Magen. Vielleicht liegt es am Geruch. „Bringst du mich zurück in die Klinik?"

So verabschieden wir uns schnell, ich erkläre Gesa kurz, dass Sheila sich nicht wohlfühlt. An der frischen Luft geht es Sheila bald besser.

„Es tut mir Leid, dass ich dir die Feier verdorben habe", entschuldigt sie sich.

„Hast du doch gar nicht", beschwichtige ich sie.

Ich weiß nicht, ob Sheila mir das abnimmt, sie schweigt betreten vor sich hin.

Dann sagt sie: „Manchmal überkommt mich eine Übelkeit aus heiterem Himmel, ich kann sie dann nicht mehr aufhalten. Meiner Mutter habe ich mal das ganze Auto vollgekotzt, weil wir es nicht mehr geschafft haben, anzuhalten. Die war vielleicht sauer."

„Wie kann man da denn sauer sein? Du machst das doch nicht mit Absicht."

„Meine Mutter ist eben speziell."

Ich kann über so etwas nur ungläubig den Kopf schütteln.

„Kommen wir an dem Bach vorbei?" fragt sie mich.

„Nein, nicht direkt, aber wir können einen kleinen Umweg machen."

„Wenn es dir nichts ausmacht …"

„Auf keinen Fall!"

„Warte, halt kurz an. Ich möchte ein Stück laufen."

„Dir scheint es auf einmal wieder besser zu gehen", stelle ich fest. Ich bin froh darüber. Zugegebenermaßen hat ihr Zustand vorhin Angst in mir hervorgerufen.

Sie läuft neben mir her und ich schiebe den leeren Rollstuhl. Auch wenn wir langsam gehen, ist es ein Erfolgserlebnis für sie, ich kann es ihren strahlenden Augen ablesen.

„Weißt du, manchmal denke ich, vielleicht werde ich doch wieder gesund. Es gibt Momente, in denen ich nicht einmal daran zweifle. Vorhin dachte ich noch, ich würde sterben und jetzt bin ich wieder fit wie ein Turnschuh – na ja, das ist etwas übertrieben, aber …"

„Du musst immer nach vorne schauen. Du darfst dir nicht das Schlimmste ausmalen."

„Was meinst du mit ‚das Schlimmste'? Den Tod?" Sie sieht mich an und fährt unbeantwortet fort: „Der Tod ist nicht schlimm."

„Ich finde ihn schon schlimm. Alte Leute, die die letzten Jahre nur noch vor sich hin vegetieren, da ist er okay. Aber sonst … Also, mir macht er schon Angst."

„Was ist denn der Unterschied zwischen einem alten und einem jungen Menschen?"

„Na hör mal, alte Menschen haben ihr Leben gelebt. Junge haben ihr ganzes Leben noch vor sich."

„Das kann man doch so nicht sagen. Leute mit zwanzig Jahren haben teilweise viel mehr ge- und erlebt als manche mit achtzig."

Ich sehe schon, es hat keinen Zweck. Sheila kann manchmal so eisern auf ihrer Meinung beharren, dass es keinen Spaß macht, mit ihr zu diskutieren.

„Vor dieser Endgültigkeit habe ich Angst, und davor, nicht zu wissen, was anschließend kommt. Aber ich glaube, diese Angst haben die meisten", sage ich. Mir ist das Thema äußerst unangenehm. Am liebsten würde ich es wechseln, aber wenn wir einmal zu diskutieren angefangen haben, ist Sheila nicht mehr zu stoppen.

„Hast du denn keine Angst?" frage ich vorsichtig.

„Mittlerweile nicht mehr", sagt Sheila nach langem Zögern. „Ich hatte große Angst' aber je mehr man sich mit Dingen auseinander setzt, desto weniger wird die Angst. Ich habe viele Bücher gelesen, um mir meiner Vorstellung bewusst zu werden. Wenn ich mich auf etwas vorbereiten kann, dann ist alles nicht mehr so schlimm. Aber ich glaube, das geht jedem so. Man muss sich nur mit einer Sache beschäftigen."

„Glaubst du, dass du sterben wirst?“ frage ich leise. Es hat mich Überwindung gekostet, diese Frage zu stellen, aber ich musste sie loswerden.

Sheila lacht: „Sterben müssen wir alle.“ Dann wird sie allerdings ernst. „Ich glaube es nicht nur, ich weiß, dass ich sterben werde.“ Sie spricht in aller Offenheit.

„In absehbarer Zeit?“ Ich hoffe, sie bemerkt mein leichtes Zittern nicht.

Sheila nickt. Wir sind am Bach angekommen und lassen wie letztes Mal die Beine von der Brücke baumeln. Ich gehe meinem Bedürfnis nach und lege einen Arm um Sheilas Schultern. Sie lässt die Umarmung zu.

„Was denkst *du* über den Tod?“

„Ich habe mir noch nicht viele Gedanken darüber gemacht. Ich kann mir nur nicht vorstellen, dass nach dem Tod ein Nichts sein soll. Dass wir nie wieder etwas fühlen werden. Das kann ich mir beim besten Willen nicht vorstellen.“

„Das glaube ich auch nicht“, wirft Sheila ein. „Ich glaube, dass es ein Leben danach gibt. Das Universum ist schließlich groß genug für die Verstorbenen. Wenn es wirklich unendlich sein soll“, kichert Sheila und ich erinnere mich an unsere letzte Diskussion.

„Vielleicht werde ich dein Schutzengel“, albert sie herum.

„Wenn du ein Schutzengel wirst, dann werde lieber der von meiner Mutter. Die kann ihn eher gebrauchen.“

„Oder ich werde als Regenwurm wiedergeboren.“

„Dafür bist du viel zu hübsch.“

„Wer sagt denn, dass Regenwürmer hässlich sind? Das behaupten sie vielleicht auch von uns Menschen.“

„Ich glaube nicht an Wiedergeburt. Ich kann mir nicht vorstellen, dass wir immer und immer wieder von vorn anfangen.“ Das wäre ja schrecklich.

„Es gibt viele, die von Wiedergeburt überzeugt sind. Sie meinen, es wäre eine Chance, die Fehler, die man im letzten Leben begangen hat, gutzumachen.“

„Also dafür wird die Welt aber immer schlechter“, erwidere ich trocken.

„Vielleicht bekomme ich ja wirklich meinen eigenen Stern.“

„Und ich könnte dir jeden Abend zuwinken.“

„Das würdest du nur die ersten Abende tun, irgendwann würdest du mich vergessen.“

„Nein, bestimmt nicht“, verspreche ich ihr. Wenn sie wüsste, welche Gefühle ich für sie habe. In diesem Moment empfinde ich so etwas wie Liebe für sie.

„Ab und zu kommt eben die Angst hoch, es wird seltener, aber manchmal ...“ Sie wischt sich eine Träne aus den Augen und senkt den Kopf. „Scheiße“, murmelt sie und vergräbt ihr Gesicht in ihre Hände.

Flügel des Lebens

Stilles Wandeln in der Sternennacht,
bereit zu fliegen, fernab der Welt.
Flügel wachsen im Silberschein des Mondes.
Abheben zur Schwerelosigkeit aus dem Sumpf des Schmerzes.
Träume fangen Feuer, Feuer des Lebens.
Hoffnungsvolle Blicke gen Himmel,
Schweben über den Abgründen des Seins,
die einmal Wirklichkeit waren.
Schon längst verloren in dem wahren Ich,
gefangen in der Hülle,
die das Schicksal der Zeit nicht leugnet.
Vergessen führt zur Erlösung,
Loslassen zum Leben,
Fliegen zur Freiheit.
Die Flügel breiten sich aus,
durch die Dunkelheit empor zum Licht.

Sheila

12. Kapitel

Der Partyraum des Jugendclubs ist leer – noch! Marco rennt wie ein gestochenes Kaninchen durch die Gegend, dies und das muss erledigt werden, sein T-Shirt ist schweißnass. Er ist aufgeregt wie ein kleines Kind, das die Bescherung nicht abwarten kann. Dabei sind es noch gute vier Stunden bis zum Einlass.

„Funktioniert die Lichttechnik?“ ruft er Finn zu.

Finn nickt. „Die Spots funktionieren einwandfrei!“

Ich habe mich in eine Ecke zurückgezogen und stimme meine Gitarre. Nun ist der große Augenblick fast da, dem wir wochenlang entgegen gefiebert haben.

„Test – Test – Test.“ Chris verausgabt sich am Mikrofon.

„Alles klar bei dir, Kumpel?“ Marco geht neben mir in die Hocke. Er fährt sich mit der Hand über seinen Mund und atmet schnell. Sein Kopf ist hochrot und seine Augen schweifen unruhig durch den Saal.

„Bist du fit?“ fragt er noch einmal.

„Und wie! Das wird ein Bombenabend.“ Ich lache und meine es ernst.

„Ich habe echt Bammel“, gesteht Marco. „Was ist, wenn wir keine Stimmung aufbringen?“

„Das wird schon, mach dir nicht so viele Gedanken.“

„Kommt irgendwer von dir?“

Ich schüttle den Kopf und lasse mir meine Enttäuschung nicht anmerken. Natürlich werden Freunde kommen, aber nicht meine Mutter – und nicht Sheila! Das stimmt mich schon etwas traurig.

„Meine Eltern werden da sein“, erzählt Marco. „Ich bin mal gespannt, was sie von unserer Musik halten. Die stehen sonst nur auf Klassik und diesen Krempel. Meine Mutter hat sogar nach einem Sitzplatz gefragt.“ Er prustet los und ich mit.

Meine Mutter hätte ich auch gerne heute Abend hier gehabt, aber ihr wurde kein Ausgang genehmigt. Sie ist zwar stabiler geworden, aber abends darf sie noch nicht raus. Seit sie auf der offenen Station ist, geht es ihr von Tag zu Tag besser. Ich bin so froh darüber. So langsam kehrt die Mutter zurück, die ich von früher kenne.

„Kannst du all deine Texte?"

„Aber sicher", erwidere ich. „Jetzt sei doch nicht so aufgeregt, es wird schon klappen. Wir werden spielen wie noch nie, verlass dich drauf!"

Marco steht auf und hebt skeptisch die Augenbrauen. „Na, hoffentlich", meint er. Nun werde ich tatsächlich von seiner Nervosität angesteckt.

Als die ersten Leute den Saal betreten bekomme ich doch Muffe. Marco ist mittlerweile überhaupt nicht mehr zu halten und auch den anderen Jungs hinter der Bühne merkt man ihre Aufregung deutlich an. Ich spähe durch einen Vorhangritz und beobachte, wie sich der Saal füllt. Es sind ausschließlich junge Leute, so im Teenageralter, und es sind erstaunlich viele. Fast zu viele!

„Noch zehn Minuten." Marcos Satz klingt fast wie eine Warnung. Er schüttet sich eine halbe Flasche Wasser runter.

Ich klimpere noch die letzten Probetöne auf meiner Gitarre, bevor schließlich der Vorhang automatisch zurückgezogen wird und die Leute einen tosenden Beifall abgeben. Mir zittern die Knie und ich glaube, jeder Einzelne hier im Saal kann es sehen. Und dann legen wir mit dem ersten Song los. Ich habe noch nie vor einem so großen Publikum gesungen, dennoch bin ich erstaunt über meine feste Stimme. Klar bringe ich die Töne in die Menge und auch mein Gitarrenspiel ist ohne Fehler. Dem Rest der Band geht es genauso. Wir spielen einwandfrei. Mit der Zeit macht es mir immer mehr Spaß und ich fühle mich selbstsicher wie selten.

Als der von mir geschriebene Song an die Reihe kommt, würde ich vor Freude am liebsten einmal in die Luft springen. Das Publikum ist in Hochstimmung und bei diesem Song hält es etliche Feuerzeuge in die Höhe und lässt sie aufflammen.

Nun traue ich mich auch, in die Menge zu schauen, manchen Leuten sogar in die Augen zu sehen. Ich fühle mich so gut wie selten. Endlich bin ich mal wieder Ich, und die Probleme der letzten Zeit sind vergessen.

Ich sehe den Leuten ins Gesicht und trotz des schwachen Lichtes kann ich in ihren Blicken Begeisterung entnehmen. Es sind einige Bekannte unter ihnen, was meine Freude noch steigert.

Plötzlich – ganz hinten in der letzten Reihe – mir versagt beinahe die Stimme. Dort stehen sie! Sheila, Gesa und meine Mutter. Habe ich jetzt schon Halluzinationen? Ich muss mir Mühe geben, dass ich meinen Text nicht vergesse. Was machen die denn hier? Und vor allem Gesa?

Die drei winken mir zu und ich winke zurück. Das ist vielleicht eine Überraschung. Ich könnte heulen vor Freude. Meine Stimme zittert ein wenig, aber außer mir scheint es keiner zu bemerken.

Als wir unser Konzert nach vier Zugaben erfolgreich beenden, fallen wir uns hinter der Bühne um den Hals. Marco strahlt bis über beide Ohren.

„Das war großartig", ruft er überglücklich. „Das muss gefeiert werden." Lachend renne ich raus und suche im Getümmel nach meinen drei „Fans". Ich finde sie mit vielen anderen draußen an der frischen Luft.

„Wir wollten gerade gehen. Ihr wart super." Meine Mutter schlingt ihre Arme um mich. Sie sieht schick aus.

Dann umarme ich auch die anderen beiden. „Was macht ihr denn hier? Mit euch hätte ich im Leben nicht gerechnet."

„Tja, unsere Überraschung ist wohl gelungen, was?" grinst Sheila. Sie hat sich wieder in ihren Rollstuhl gesetzt.

„Also, du kannst wirklich schön singen", meint Gesa. „Aber die Musik an sich ist gewöhnungsbedürftig." Wir lachen über ihr skeptisches Gesicht.

Ich wende mich meiner Mutter zu. „Du hast Ausgang heute Abend?"

Meine Mutter nickt. „Ich muss aber um zehn Uhr wieder zurück sein, deswegen wollten wir gerade gehen."

„Das war die größte Freude, die ihr mir machen konntet." Ich umarme sie noch einmal.

„Ich bin sehr stolz auf dich", sagt meine Mutter mit feuchten Augen, was mich total rührt.

Als sie gehen, zieht mich Sheila kurz zur Seite. „Ich habe noch eine Überraschung für dich", flüstert sie geheimnisvoll.

„Noch eine?" frage ich ungläubig.

„Komm mich doch nachher besuchen, dann zeige ich sie dir." Ihr Blick ist schelmisch, sie verbirgt irgend etwas vor mir.

„Das kann aber dauern, wir Jungs wollen noch ein bisschen den Erfolg feiern."

„Das macht nichts, komm wann du willst, ich bin wahrscheinlich eh die ganze Nacht wach. Ruf mich aber vorher an, damit ich die Schwestern ablenken kann und du dich in mein Zimmer mogeln kannst."

„Okay", sage ich nur. Ich verstehe nur Bahnhof. „Jetzt bin ich aber neugierig."

„Das kannst du auch sein. Bis dann," meint Sheila großzügig und entschwindet mit meiner Mutter und Gesa in der Dunkelheit.

Verdattert gehe ich wieder rein.

Drinnen knallen die Korken, Finn spritzt übermütig den Sekt durch den Raum. Es sind noch viele Leute geblieben. Das gibt bestimmt eine Saufparty.

Finn trinkt ab und reicht die Flasche herum, Gläser haben wir nicht. Er legt mir seinen Arm um die Schultern. „Unser David hatte heute Abend sogar seinen eigenen Fanclub dabei." Er ist schon gut angetrunken. „Sind das deine Freundinnen? In jedem Alter eine?"

„Idiot", lache ich und klatsche ihm leicht vor die Stirn. Dann nehme ich einen Schluck von dem süßen Gesöff. Mich schüttelt es.

„Wer auch immer den Sekt gekauft hat, war das der billigste?" rufe ich in die Runde und verziehe das Gesicht.

Marco wirft mir eine Bierflasche zu, die ich im letzten Moment auffangen kann.

„Deiner Mum scheint es besser zu gehen." Er setzt sich zu mir auf den Boden.

„Ja, Gott sei Dank. Sie macht Fortschritte. Mal sehen, wie lange sie noch in der Klinik bleiben muss."

„Und wer war das Mädel neben dran? Die kannte ich gar nicht."

„Das war Sheila, eine Freundin von mir. Wir kennen uns auch noch nicht lange." Dafür aber intensiv, führe ich den Satz gedanklich weiter.

„Bahnt sich da was an, wovon ich nichts weiß?" Er knufft mir in die Seite. Ich würde es mir wünschen, dass sich da etwas anbahnt.

„Nein, nein, es ist wirklich nur eine Freundin." Von der Krankheit erzähle ich nichts.

Es ist ein lustiger Abend, wir haben eine Menge Spaß.

Um zwölf herum sind fast alle sternhagelvoll. Ich breche auf, schließlich bin ich zu neugierig auf Sheilas Überraschung. Die meisten bekommen es gar nicht mehr mit, dass ich gehe, und das ist auch gut so.

Wie immer rufe ich sie von der Telefonzelle an. „Ich bin in fünf Minuten bei dir", und trete in die Pedale.

Ich nehme den Weg durch die Notaufnahme und schleiche auf die Station. Ganz leise öffne ich die Tür und höre schon Sheila lautstark mit der Krankenschwester diskutieren. Ich schummele mich am Schwesternzimmer vorbei, Sheila sieht mich aus dem Augenwinkel und zwinkert mir zu.

„Gute Nacht, Schwester Monika, ich bin hundemüde und muss schlafen."

Ich schließe die Tür hinter mir und atme auf. Dieser Nervenkitzel ist wirklich nichts für mich. Kurz darauf kommt Sheila mit einem frechen Grinsen.

„Ist doch alles glatt verlaufen. Na, willst du jetzt meine Überraschung sehen?"

„Und ob, ansonsten wäre ich ja nicht hier", lache ich und bin sehr gespannt.

„Du musst die Augen schließen, und darfst sie erst wieder öffnen, wenn ich es dir sage."

„Jetzt mach es nicht so spannend."

Ich setze mich auf ihr Bett und schließe wie angeordnet die Augen.

Ich höre wie Sheila unter dem Bett herumwurstelt. Irgend etwas kramt sie hervor, dann ein Klicken und Schrauben. Ich kann mir beim besten Willen nicht vorstellen, was das für eine Überraschung sein soll.

Endlich erlaubt sie mir die Augen zu öffnen und ich sehe mich im Zimmer um. Am Fenster steht ein schwarzes Gerät – eine Art Fernrohr.

Sheila beobachtet meine Reaktion. „Na, leuchtet dir was ein? Ich wollte dir doch die Sterne zeigen. Der Himmel ist heute bestens dafür geeignet."

Ich bin sprachlos, das hatte ich ganz vergessen. Und schon wieder könnte ich vor Rührung heulen. Was für ein Abend!

„Jetzt guck nicht so wie ein Auto, sondern guck lieber durch das Teleskop", sagt Sheila belustigt. Und ob ich das tue. Allerdings sehe ich leider nicht sehr viel.

„Ich sollte es erst einstellen. Der Himmel ist sternklar. Welchen Stern willst du dir anschauen? Du hast die freie Auswahl."

„Vielleicht fangen wir mit dem Mond an."

„Euer Wunsch ist mir Befehl", antwortet sie und dreht an den Objektiven und Linsen herum. „So, jetzt!"

Ich schaue durch das Teleskop und bin begeistert. „Da erkennt man ja sogar die einzelnen Mondberge." Der Mond erscheint zum Greifen nahe.

Sheila zeigt mir noch andere Sterne und ich kann nicht genug davon bekommen. „Du siehst heute Nacht sogar die Milchstraße", sagt sie und dreht wieder an dem Teleskop. Ich bin zutiefst beeindruckt. Die Bilder sind gigantisch und das Gefühl, so weit in die Ferne schauen zu können, ist unbeschreiblich.

„Die Sterne kann man fast greifen, als ob sie gerade mal ein paar Meter entfernt seien. Man kann kaum glauben, dass sie über Millionen von Kilometern weit weg sind. Aber eigentlich sind sie ganz nah."

Sheila knackt mit ihren Fingern und setzt ein nachdenkliches Gesicht auf „Euer Konzert war super", wechselt sie plötzlich das Thema.

„Es hat dir also gefallen?"

„Sehr, deiner Mutter auch."

„Und Gesa?"

Sheila lacht: „Ich glaube, sie hat sich etwas anderes unter eurer Musik vorgestellt. Aber sie hat mir an ihrem Geburtstag verklickert, dass sie unbedingt hin will."

„Gesa ist eine willensstarke Frau. Wenn sie etwas will, dann will sie es", sage ich lächelnd und sehe Gesa mit einem ihrer Wutanfälle vor Augen.

„Man kann sich gut mit ihr unterhalten. Sie ist sehr tiefgründig und nicht so verbohrt und verbissen wie viele andere alte Leute", meint Sheila. „Ich mag sie."

„Ich war nur froh, dass sie bei unserer Musik keinen Herzinfarkt bekommen hat."

Sheila kichert: „Das hätte uns gerade noch gefehlt. Sieh mal, da ist der kleine Wagen." Sie hält mir das Teleskop hin.

Während ich mir den kleinen Wagen betrachte, sagt sie: „Deine Mutter war sehr glücklich. Sie hat gestrahlt wie ich es noch nie an ihr erlebt habe."

„Ehrlich?"

„Ganz ehrlich", versichert mir Sheila. „Während des Konzertes habe ich sogar Freudentränen in ihren Augen glitzern sehen." Die habe ich sogar nach dem Konzert noch wahrgenommen.

„Der Arzt ist auch sehr zufrieden mit ihr. Vielleicht kann sie bald nach Hause."

„Ich habe den Eindruck, dass sie fröhlicher geworden ist. Sie redet viel mehr als am Anfang als ich sie kennen gelernt habe. Mittlerweile besuche ich sie ja fast täglich."

Sheila und meine Mutter sind inzwischen so etwas wie Freundinnen geworden.

„Bist du manchmal auch so abgrundtief traurig, dass du glaubst, nie wieder glücklich zu werden?" fragt Sheila.

„Wie kommst du darauf?" möchte ich erstaunt wissen. „Jeder ist mal traurig, weil ihn irgend etwas unglücklich macht. Ich war verzweifelt, als es meiner Mutter so schlecht ging. Es gibt immer Gründe, warum man traurig ist", sage ich.

„Ich war öfters *ohne Grund* unglücklich. Manchmal habe ich im Leben keinen Sinn mehr gesehen", wirft Sheila gedankenverloren ein. „Ich denke über alles nach, ich denke *zu viel* nach."

„Auch bevor du krank wurdest?"

„Das war schon immer so. Aber diese innere Einsamkeit ist am schlimmsten. Kennst du das?"

Ich nicke langsam. „Ich fühle mich oft allein, auch wenn ich unter vielen Menschen bin. Selbst wenn ich Freunde um mich herum habe, kommt ab und zu diese Einsamkeit."

„Und es verstehen die wenigsten", ergänzt Sheila. Es können nur Leute verstehen, die dasselbe durchmachen, und die geben es meistens nicht zu. Alle wollen sie nur stark sein, bloß keine Schwäche zeigen." Sheila hält kurz inne. „Als du damals nachts, als das mit deiner Mutter war, zu mir kamst und geweint hast, das hat mich wirklich berührt. Ich habe zuvor noch nie einen Mann weinen sehen. Du hast Schwäche gezeigt, und das fand ich stark von dir. Das erste Mal in meinem Leben habe ich mich nicht mehr einsam gefühlt." Ihre Wangen röten sich ein klein wenig. „Ich habe mich trotz dieser Umstände gefreut, dass du zu mir gekommen bist."

„Du warst auch der erste Mensch, bei dem ich heulen konnte. Das passiert mir sonst nie!" Ich lächle sie an, doch Sheila weicht meinem Blick aus.

„Es ist nicht so leicht, schwach zu sein. Ich glaube, wenn mehr Menschen es könnten, wäre das Leben einfacher."

Wir schauen beide aus dem Fenster und bewundern die erleuchtete Stadt. Ich fühle, dass wir uns in diesem Moment mal wieder sehr nahe sind. Wenn wir uns doch nur lieben könnten …

„Vermisst du deinen Freund?" frage ich sie leise.

Sheila wischt sich über die Augen und nickt.

„Ja, obwohl ich mich auch bei ihm unverstanden und einsam fühle. Wir kamen vor meiner Krankheit zusammen. Bevor ich krank wurde, hatte ich oft eine innere Leere und eine bodenlose Traurigkeit in mir, die ohne Grund war. Er hat es nie verstanden, aber dennoch ist er bei mir geblieben. Und er hat die letzten drei Jahre, in denen ich mit dem Krebs gekämpft habe, immer zu mir gehalten. Er liebt mich – auch wenn er nicht ständig bei mir sein kann." Sie fängt an, herzzerreißend zu weinen. Ich streichle ihr über das Haar und gebe ihr sanft einen Kuss auf die Wange.

„Vor dir kann ich schwach sein, vor meinem Freund nicht. Es gibt so wenige Menschen, zu denen man eine innige Beziehung aufbauen kann, und doch trifft man sie in wichtigen Zeiten im Leben." Sie atmet tief durch. „Du bist der beste Freund, den ich je hatte."

Ich drücke Sheila an mich und genieße die Nähe, die uns verbindet. Wie gerne würde ich in die Rolle ihres Freundes schlüpfen – dieses Mädchen zu lieben, und diese Liebe erwidert zu bekommen. Ich würde versuchen, ihr alles zu geben, damit sie glücklich sein könnte.

13.Kapitel

Sheilas Gesundheitszustand hat sich rapide verschlechtert. Sie kann nicht mehr aufstehen und nicht mal mehr alleine auf die Toilette gehen. Jeden Tag besuche ich sie nach der Arbeit, ich sitze an ihrem Bett, lese ihr aus Büchern und Zeitschriften vor oder wir sehen uns mit meinem Videorecorder Filme an. Oft schläft sie aber auch und ich bin einfach nur bei ihr. Trotz ihrer schlechten Verfassung beschwert sie sich nicht. Sie jammert nicht und fragt nicht nach dem „Warum". Sie macht weiterhin ihre Scherze, selbst wenn sich ihr Körper vor Schmerzen krümmt.

Die Arzte haben einen weiteren Tumor entdeckt – im Knie. Mir war es von vorne herein nicht geheuer, als Sheila über Beschwerden im Knie klagte. Ich hatte damals schon diese rnagendrückende Vorahnung und leider hat sie sich bestätigt. Ich glaube, ich war mehr geschockt als Sheila. Sie weinte nicht einmal und ich denke, sie hatte es gewusst. Sheila sagt immer, sie kenne ihren Körper besser als die fähigsten Arzte.

Bleich und beinahe durchsichtig liegt sie in den Kissen, aber sie lächelt immer, wenn ich komme, auch wenn sie manchmal zu schwach ist, ein Wort über die Lippen zu bringen. Zum Glück gibt es aber auch gute Tage, an denen wir uns normal unterhalten können, und dann habe ich die Hoffnung, dass sie vielleicht doch wieder ganz gesund wird. Mir tut es in der Seele weh, sie so leiden zu sehen und ich wünschte, ich könnte ihr einen Teil ihres Leides abnehmen. Es ist schlimm, nichts tun zu können und in dieser Hilflosigkeit auszuharren. Die Chemotherapie schlägt nicht mehr an, doch Sheila kämpft weiter, auch wenn sie oft davon träumt, nach Hause zu gehen. Die Arzte loben sie immer für ihre Tapferkeit, doch sie spricht davon, dass sie das Krankenhaus nicht mehr sehen könne und dass sie sich nach Ruhe sehne.

Und ich kann sie verstehen.

Ich bewundere ihre Kraft, die sie an den Tag legt – ich hätte sie nicht.

Eines abends sitze ich wie üblich an ihrem Bett, draußen tobt ein fürchterlicher Sturm. Sheila schläft wie so oft in letzter Zeit. In ihre Nase führt ein dünner Schlauch, der ihr beim Atmen helfen soll, neben ihrer Matratze hängt ein Urinbeutel, den sehe ich heute zum ersten Mal.

Die Nasensonde gibt merkwürdige Geräusche von sich, die mir unangenehm sind. Diese Geräusche beweisen, dass der Patient, dem die Sonde gelegt wurde, richtig krank ist, und das macht mir Angst.

Plötzlich schlägt Sheila die Augen auf. „Hallo, David“, begrüßt sie mich leise.

„Wie geht’s dir?“ frage ich und streichle ihr dünnes Ärmchen, das durch die Infusionen etliche Verdickungen aufweist.

„Kannst du mir das Kopfteil etwas hochstellen“, bittet sie mich und ich betätige den Hebel seitlich ihres Bettes, damit sie aufrecht sitzen kann.

„Danke, so ist es besser“, sagt sie und schaut aus dem Fenster. „Was für ein Unwetter.“

„Ich bin gerade noch rechtzeitig hier angekommen, sonst hätte es mich voll erwischt“, erwidere ich lachend.

„In der Nachttischschublade habe ich ein neues Gedicht liegen. Ich habe es letzte Nacht geschrieben, weil ich nicht schlafen konnte.“

Ich öffne die Schublade und ziehe einen Zettel heraus.

„Du darfst es ruhig lesen“, lacht sie leise. „Nur keine Hemmungen.“

Sheilas Stern

Das große Rad der Zeit,
es dreht sich viel zu schnell.
Der Wunsch nach Ruhe befreit,
das Licht ist zu grell.

Hoffnung im Hier und Jetzt,
verloren in dem wahren Leben.
Der Körper wird besetzt,
und keine Kraft mehr gegeben.

Am Horizont funkelt dein Stern,
noch sieht ihn keiner,
aber er ist nicht mehr fern,
und dein Ich wird immer kleiner.

Dein Stern zeigt dir die Weiten,
die auf der Erde vergebens sind.
Er wird dich treu begleiten
und achten auf dein inneres Kind

Sheila

Nachdem ich die Strophen gelesen habe, lege ich sie zurück in die Schublade.

„Gefallen sie dir?" fragt sie und sucht meine Blicke.

Ich nicke langsam. „Es ist sehr schön geschrieben, aber es ist ziemlich traurig."

„Findest du wirklich? Ich finde es eher hoffnungsvoll."

„Es handelt doch vom Tod, oder nicht?"

„Aber es beschreibt den Tod als etwas Schönes. Ich habe keine Angst mehr vor dem Tod. Er ist vielleicht ein Ende aber nicht endgültig. Das einzige, wovor ich Angst habe, ist das Sterben. Wie muss sich wohl der Übergang vom Leben in den Tod anfühlen? Ob man das genau spürt, wenn die Seele den Körper verlässt?"

„Ich war dabei, als meine Großmutter gestorben ist", erinnere ich mich. „Sie lag in ihrem Bett, und auf einmal hatte sie einen ganz entspannten Gesichtsausdruck – sie war gestorben. Ich glaube nicht, dass sie Schmerzen hatte."

Sheila sagt eine Weile nichts und starrt auf ihre Bettdecke.

„Ich habe Angst, dass ich alleine bin, wenn es einmal so weit ist", flüstert sie. „Und ich habe Angst, gewisse Dinge, die mich beschäftigen, vorher nicht klären zu können. Ich möchte nicht, dass etwas offen bleibt. Ich bin ein Mensch, der Unstimmigkeiten gerne aus dem Weg räumt."

„Welche Unstimmigkeiten sind noch offen?"

„Ich würde mich gerne mit meiner Mutter aussprechen, ihr sagen, was ich fühle, was in mir vorgeht. Wir haben jahrelang aneinander vorbeigelebt und uns nie verstanden. Außerdem kommt nächste Woche mein Vater für ein paar Tage nach Hause.

Er war geschäftlich in Tokio. Auch mit ihm würde ich gerne sprechen."

„Was versprichst du dir von den Gesprächen?"

Sheila lässt die Schultern hängen.

„Ich weiß es auch nicht genau", antwortet sie resigniert. „Vielleicht möchte ich einfach wissen, wie es ist, eine Tochter zu sein."

Oh, wie kann ich Sheila verstehen. Als ich gerade dazu was beitragen möchte, geht die Tür auf und die Schwester kommt mit dem Abendbrot herein. „Hallo, ihr beiden", begrüßt sie uns fröhlich. Sie streichelt Sheila über die Wange. „Du bist ja wach, mein Schätzchen. Magst du etwas von der Brühe essen?" Sie stellt das Tablett auf den Nachttisch und schiebt diesen so hin, dass Sheila ohne Schwierigkeiten das Essen zu sich nehmen kann.

„In der Begleitung eines jungen hübschen Mannes ist der Appetit doch bestimmt größer als sonst," scherzt die Schwester und verlässt augenzwinkernd das Zimmer.

„Seit Tagen verträgt mein Magen nichts mehr als klare Hühnerbrühe"' seufzt Sheila und greift nach dem Löffel. Ihre Hand zittert und bis der Löffel im Mund ist, ist über die Hälfte der Suppe auf der Bettdecke gelandet.

„Soll ich dir helfen?" biete ich ihr an und hoffe im selben Moment, dass ich mit dieser Frage ihren Stolz nicht verletze.

‚Nein, lass nur, ich schaffe das schon selbst.", lehnt sie ab, wie ich es vermutet hatte. Nach drei Löffeln schiebt sie das Tablett von sich.

„Bist du schon satt?" frage ich entgeistert und kann kaum glauben, dass ein Magen nach dem bisschen Suppe schon voll ist.

„Ich muss sonst kotzen", sagt Sheila und fällt matt in die Kissen.

Sie bittet mich, das Kopfteil wieder runter zu stellen, und kaum, dass sie flach liegt, ist sie schon eingeschlafen. Ich sitze noch eine Weile an ihrem Bett und beobachte sie. Ihr Atem geht in flachen und gleichmäßigen Zügen. Wie dürr Sheila geworden ist. Ihr ausgemergelter Körper ist von ihrer Krankheit stark gezeichnet. Jegliches Leben hat er verloren. Dennoch ist Sheila wunderschön geblieben.

Der Sturm hat nachgelassen, nur noch das Piepen der Apparate ist zu hören. Und auf einmal werde ich unheimlich traurig.

„Warst du bei Sheila?“ fragt mich meine Mutter. Sie sitzt an dem kleinen Tisch in ihrem Zimmer und scheint Briefe zu schreiben. Ich schließe die Tür hinter mir und nicke.

„Ihr geht es nicht gut, stimmt's?“

Ich erwidere daraufhin nichts und lasse mich auf das Bett fallen.

„Sie hat mich seit ewiger Zeit nicht mehr besucht“, meint sie nachdenklich. Es entsteht ein Schweigen zwischen uns und kurz darauf lenke ich sie vom Thema ab.

„Wie geht es dir überhaupt? Kommst du in der Therapie voran?“

„Ich komme sehr gut voran“, antwortet sie. „Ich werde nächste Woche wahrscheinlich entlassen. Aber ...“, sie zögert und zupft an der Tischdecke herum. „Ich muss mit dir noch etwas besprechen.“

„Ja, was?“ frage ich neugierig und gleichzeitig überkommt mich ein unangenehmes Kribbeln. Was ist nun schon wieder?

„Du studierst ja bald in München, und ich wäre dann ganz allein.“ Sie stockt und unterdrückt einen Seufzer. „Die Ärzte und ich haben uns darauf geeinigt, dass ich fürs erste in eine betreute Wohngemeinschaft ziehe. Was hältst du davon?“ Den letzten Satz hat sie ganz schnell gesprochen.

Ich weiß nicht warum, aber plötzlich fällt mir ein riesiger Felsbrocken vom Herzen. Ich werde um eine Last leichter, die mich die ganze Zeit unbewusst bedrückt haben muss, mir war es nur selber nicht klar. Endlich wird mir die Verantwortung für sie abgenommen.

„Hey, das finde ich eine sehr gute Idee“, sage ich begeistert. „Das ist bestimmt das Beste für dich!“

Das besorgte Gesicht meiner Mutter hellt sich auf, sie strahlt mich an. „Wirklich? Ich dachte schon ...“

Ich nehme meine Mutter in die Arme und drücke sie an mich. „Nein Ma, denk nicht so viel, ich finde das *wirklich* eine tolle Idee! Dann bist du nicht allein.“

Meine Mutter lacht und wir beide wiegen uns vor Erleichterung hin und her. Plötzlich aber löst sich meine Mutter aus der Umarmung und sieht mir in die Augen. „Aber mit dir stimmt doch heute etwas nicht. Du wirkst traurig, habe ich recht?“

Ich antworte nicht und senke den Kopf.

„Ist es wegen Sheila?“

Und bei ihrem Namen kann ich meine Tränen nicht mehr zurückhalten. Mich überkommt wie neulich das unkontrollierbare Schluchzen, das mich zu einem kleinen Kind werden lässt. Meine Mutter legt erneut ihre Arme um mich und summt leise die Melodie, mit der sie mich ganz früher immer beruhigt hat, wenn ich traurig war oder nicht einschlafen konnte. Sie stellt keine lästigen Fragen, bohrt nicht in meiner Wunde herum, sondern ist einfach nur da. Seit wie vielen Jahren hatten wir eine solche Situation nicht mehr. Sonst war ich der Tröster, und nun sind endlich mal wieder die Rollen an ihrer richtigen Position. Ich bin der Sohn – und sie ist die Mutter.

14. Kapitel

Einige Tage später sitzt Sheila im Schneidersitz und in voller Kleidung auf ihrem Bett. Viele Kissen in ihrem Rücken stützen sie. Ich erschrecke, als ich sie sehe, denn ihr Pullover und ihre Jeans hängen wie leere Säcke an ihr herunter. Die Magensonde, die sie ihr gestern durch die Nase geschoben haben, sticht deutlich hervor. Sie kann keine Nahrung mehr zu sich nehmen, weil sie so starke Schluckbeschwerden hat.

Ich habe ihr heute ein kleines Geschenk mitgebracht – ein Kaleidoskop. Sheila freut sich sehr über das Geschenk und schaut gleich hindurch.

„Hast du heute etwas Bestimmtes vor?" wundere ich mich über ihre Aufmachung. Sie lässt das Kaleidoskop sinken und will nicht so richtig raus mit der Sprache. Ich spüre sofort, dass irgend etwas passiert ist.

„Was ist los?" frage ich und merke, wie sich mein Magen zusammenkrampft. „Ich gehe heute nach Hause", antwortet sie, an der Sonde spielend. „Du gehst *was?*" rufe ich ungläubig.

„Meine Eltern waren beide gestern hier. Wir haben uns sehr sehr lange unterhalten, und es war ein gutes Gespräch. Kannst du dich erinnern, dass ich mich noch mal nach einer Aussprache zwischen ihnen und mir gesehnt habe? Das haben wir nun getan. Anschließend haben wir mit dem Arzt gesprochen, und er war dafür, dass ich nach Hause gehe. Er war die ganze Zeit dafür, nur meine Eltern hatten sich quer gestellt. Aber sie haben jetzt einiges verstanden." Sie seufzt zufrieden und sieht mich erwartungsvoll an.

Ich bin zu baff um etwas erwidern zu können. Das würde bedeuten, wir würden uns heute das letzte Mal sehen. Einerseits freue ich mich für Sheila, dass ihr Wille akzeptiert wird, andererseits droht ein Stück von mir verloren zu gehen. Ich darf gar nicht daran denken, nicht mehr mit ihr zusammen sein zu können. Warum kann sie nicht einfach gesund werden? Warum, verdammt noch mal, nicht?

„Wird Kai auch kommen?“ höre ich mich fragen.

Sheila nickt. „Er kommt morgen und bleibt für einige Wochen. Er hat Semesterferien.“

Ich nicke automatisch mit. Tausend Gedanken gehen mir durch den Kopf und ich muss mit Entsetzen feststellen, dass es fast alles egoistische Gedanken sind. Sheila fasst nach meiner Hand und drückt sie.

„Ich werde immer bei dir sein“, verspricht sie. „Du bist einer der wichtigsten Menschen, die mir je begegnet sind. Unsere Freundschaft ist durch nichts zu trennen, nicht einmal durch den Tod. Ich habe auch ein Geschenk für dich, sieh mal unter dem Bett nach.“

Ich bücke mich und ziehe einen großen Kasten hervor – es ist Sheilas Teleskop.

„Das möchte ich dir schenken“, sagt sie. „Damit du ganz nah bei mir sein kannst, und du hast doch schon damals festgestellt, dass die Sterne gar nicht so weit entfernt sind.“

Ich nehme das Teleskop an mich und unterdrücke die Tränen.

„Nicht traurig sein“, sagt sie und küsst mich auf die Stirn. „Ich werde vielleicht bald nicht mehr auf der Erde sein, aber dennoch bin ich nicht verschwunden. Weißt du, Tod ist nicht gleich Tod. Wir denken zu begrenzt, um es verstehen zu können, aber ich glaube dennoch, dass es so ist.“

Wir liegen uns in den Armen, als die Eltern mit Koffern ins Zimmer kommen.

Sie geben mir die Hand. „Sie sind David? Sheila hat uns von Ihnen erzählt“, begrüßt mich ihre Mutter. Sie hat verweinte Augen, die sie durch die Sonnenbrille zu verbergen versucht. Gleich beginnen die Eltern die Koffer zu packen. Ich stehe etwas unbeholfen in der Ecke und weiß nicht, wie ich mich verhalten soll. Soll ich gehen, soll ich ihnen helfen, oder soll ich hier in der Ecke stehen bleiben?

Sheila bemerkt meine Unsicherheit und schlägt vor, noch ein paar Minuten, während die Eltern ihr Zeug zusammenräumen, durch den Krankenhausgarten zu spazieren. Ich bin ihr sehr dankbar für den Vorschlag.

Der Vater, ein gutaussehender älterer Mann, schiebt den Rollstuhl an ihr Bett. Er blinzelt seiner Tochter liebevoll zu und hebt sie hinein. Dann legt er eine Wolldecke über ihre Beine. „Bleibt in der Nähe, wir brauchen nicht lange“, sagt er noch, und Sheila und ich verlassen das Zimmer.

Wir fahren mit dem Fahrstuhl ins Erdgeschoss und gehen in den Garten hinaus. Die Luft ist heute angenehm, nicht so drückend wie die letzten Tage. Ich bin ziemlich schweigsam, denn ich weiß nicht, was ich reden soll. Der Kloß in meinem Hals wird immer dicker. Ich muss mich sehr zusammenreißen.

„Ich bin so froh, dass ich mich mit meinen Eltern ausgesprochen habe“, bricht Sheila die Stille. „Endlich kann ich loslassen.“ Ihr Gesicht wirkt glücklich und entspannt wie noch nie. Ich bewundere sie für ihren Mut und ihre Tapferkeit. Für uns Gesunde ist es unbegreiflich, dass ein todkranker Mensch so glücklich sein kann. Wie dumm wir doch manchmal sind und wie begrenzt wir denken.

„Was kannst du loslassen?“ frage ich blöde.

„Wie soll ich das beschreiben“, sucht Sheila nach den passenden Worten. „Ich lasse das unangenehme Gefühl los, dieses Gefühl, das den jahrelangen Konflikt zwischen meinen Eltern und mir betrifft. Beide haben jetzt Urlaub genommen, und wir wollen viel Zeit miteinander verbringen.“ Ihre Augen strahlen. „Endlich“, wirft sie hinterher.

Und auf einmal kann ich mich mit Sheila freuen. Ich freue mich für sie, dass sie alles für sich geklärt hat und nun die Ruhe findet, die sie verdient hat. Ihr Wunsch ist in Erfüllung gegangen. Ob es wohl jener ist, den sie sich in der Sternschnuppennacht gewünscht hat? Ich hoffe es für sie.

„Sheila!“ Eine Männerstimme ruft nach ihr.

„Das ist mein Vater, ich muss los“, sagt Sheila zu mir. „Sie haben fertig gepackt.“

Ich begleite sie zum Parkplatz, der an den Klinikgarten angrenzt. Ihre Eltern warten bereits am Auto. Eine hintere Tür ist geöffnet und die Rückbank ist mit Kissen und Decken ausgestattet. Sheilas Vater hebt sie aus dem Rollstuhl, trägt sie ins Auto und deckt sie behutsam zu.

Ich stehe wie versteinert vor dem Rollstuhl und spiele an dessen Griffen. Werden wir uns wiedersehen?

„Tschüs, David“, löst mich Sheila aus meiner Versteinerung. Ich blinzele, als ob ich aus einem Traum erwacht wäre, und wir umarmen uns – wir umarmen uns lange. Am liebsten würde ich sie nie wieder loslassen. Aber sagte Sheila nicht, man müsse lernen loszulassen, um glücklich werden zu können?

Stephanie Heinrich

„Denk an das Teleskop“, flüstert sie mir zu, und ich nicke verkrampft.

Dann verabschiede ich mich von den Eltern.

„Vielen Dank, dass Sie Sheila zur Seite gestanden haben. Ich glaube, Sie haben ihr sehr geholfen“, bedankt sich Ihre Mutter aufrichtig. Fragt sich nur, wer hier wem geholfen hat. Auch der Vater gibt mir die Hand. „Ich finde es schade, dass wir so weit weg wohnen, sonst hätten Sie Sheila besuchen können.“

Ich stammle irgendwelche Worte vor mich hin, und als der Vater den Motor des nagelneuen BMW startet, gehe ich zurück ins Klinikgebäude. Warum, weiß ich nicht. Ich drehe mich nicht mehr um. Ich gehe einfach geradeaus und versuche, keine innere Leere aufkommen zu lassen. Vielleicht sollte ich mir einen Kaffee bei der unfreundlichen Frau am Kiosk holen.

Sheila geht mir noch den ganzen Tag durch den Kopf. Unsere gemeinsamen Treffen und Gespräche laufen wie Filmfetzen vor meinen Augen ab. Ich kann mir nicht vorstellen, Sheila nie wieder zu sehen – und will es auch gar nicht. Der Gedanke, nichts tun zu können, bringt mich an den Rand der Verzweiflung, und vor allem, dass *kein* Mensch mehr etwas für sie tun kann, um sie zu heilen. Ich will es einfach nicht wahrhaben, dass ein junger Mensch sterben muss, wo das Leben doch erst jetzt richtig beginnt. Wer entscheidet überhaupt über Leben und Tod?

Der Schmerz, sie verloren zu haben sitzt tief in mir. Hätte ich sie doch nie kennen gelernt, dann würde ich jetzt nicht leiden. Unsagbare Trauer und Wut kommen in mir hoch. Warum, verdammt noch mal, darf sie nicht gesund werden? Warum können wir unsere Freundschaft nicht weiter halten, warum muss sie durch den Tod zerrissen werden? Eine Freundschaft bis zum Lebensende. Macht *das* vielleicht unsere Freundschaft aus?

Wenn ich Sheila nur nicht so lieb gewonnen hätte. Wir würden noch viele gemeinsame Stunden verbringen, könnten unser Verhältnis weiter ausbauen, der eine würde dem anderen bei alltäglichen Problemen zur Seite stehen. Vielleicht wäre auch irgendwann Liebe daraus geworden.

Sheila sagte immer, unsere Freundschaft wird ewig bestehen bleiben, sogar im Tod. Aber es ist so schwierig, wie soll man eine Freundschaft erhalten, wenn man von dem anderen nichts sieht und nichts hört? Wenn derjenige einfach weg ist, nicht mehr auf dieser Welt ist? Es mag sein, dass sie recht hat, aber es ist schwer für mich, es zu verstehen. Offenbar müsste ich mich mehr und länger damit auseinander setzen, um es zu kapieren – um es zu lernen. Sheila hat sich die letzten Monate mit nichts anderem beschäftigt, als mit Tod und Abschied. Dadurch ist sie so weise geworden, um Dinge zu verstehen und zu akzeptieren, die für uns *Normalos unverständlich sind.*

Todkranke Menschen leben anders, sie erleben die Welt ganz anders.

Für uns Gesunde ist vielleicht manche Einstellung unbegreiflich, wir sind im Hier und Jetzt. Das Sterben ist für uns weit weg, vielleicht haben wir auch deshalb Angst davor. Für Schwerkranke ist der Tod nahe – ob sie daher die Angst vor ihm verlieren, weil er nicht weit entfernt ist, und sie jeden Tag mit ihm leben? Das sind wieder Fragen, auf die ich keine Antwort bekomme …

Sheila, wenn du wüsstest, wie sehr du mir fehlst.

„Der Tod gehört zum Leben wie der Atem. Erst, wenn man ihn als gegeben annimmt, kann man richtig leben. Man muss die Angst verlieren. Und da die wenigsten Menschen sich mit ihm beschäftigen, weil sie Angst haben, wollen sie sich nicht an den Gedanken gewöhnen, und somit bleibt auch die Angst", meint Gesa, als wir nachmittags mit Pumpernickel spazieren gehen. Eigentlich ist heute mein freier Tag, dennoch habe ich Gesa abgeholt, in der Hoffnung, ein gutes Gespräch mit ihr führen zu können und mein Gefühl von Leere zu beseitigen.

„Für mich ist es einfach unbegreiflich, dass ein junger Mensch schon sterben muss. Sheila hatte doch ihr ganzes Leben noch vor sich." Ich schüttle fassungslos den Kopf..

„Nicht die Dauer macht ein Leben aus, es kommt auf die Intensität an. Ein junger Mensch kann viel intensiver gelebt haben, als ein alter Mensch, gerade wenn der Jugendliche weiß, dass er nicht mehr lange zu leben hat."

„Ich habe nur Bedenken, dass Sheila zu früh aufgegeben hat", gebe ich offen zu. „Vielleicht wäre sie doch noch gesund geworden, wenn sie noch eine Chemotherapie drangehängt hätte." Diese Bedenken werde ich nicht los, sie sind ständig gegenwärtig.

„Nein, ganz bestimmt hat sie nicht aufgegeben, dazu ist sie eine viel zu starke Persönlichkeit. Auch wenn ich sie kaum kenne, glaube mir, sie hat sicherlich gekämpft und sie kämpft noch immer. Aber sie hat gewusst, wie lange sie kämpfen muss. Sheila ist so klug, sie weiß, was ihr gut tut, und sie weiß, was ihr jetzt noch helfen kann."

Gesas Worte setzen sich in meinem Hirn fest, und auf einmal habe ich das Gefühl, als öffneten sich mir die Augen. Plötzlich verstehe ich Sheilas Bedürfnis, ihr Leben selbst zu bestimmen und kapiere was in diesem Mädchen vorgeht, in diesem Mädchen, das mir so sehr ans Herz gewachsen ist.

Und ich kapiere auch, dass man einen Menschen loslassen muss, um ihn weiter lieben zu können. Das meinte wohl auch Sheila mit ihrem Satz, wir würden für immer Freunde bleiben. Sheila hat *ihren* Weg gefunden, und dafür bewundere ich sie.

15. Kapitel

Genau eine Woche nach unserem Treffen erhalte ich einen Brief von Sheila. Er liegt in unserem Briefkasten und ich eile mit ihm die Treppen in unsere Wohnung hinauf. Oben angekommen reiße ich den Umschlag auf und entfalte seinen Inhalt, der mehrere Seiten umfasst.

Mein lieber David,
schon seit Tagen habe ich mir vorgenommen, Dir einen Brief zu schreiben. Eigentlich wollte ich es schon gleich nach meiner Heimkehr tun, aber Du weißt sicher, wie das ist, ständig kommt etwas dazwischen. Ich bin so froh, zu Hause zu sein, das kannst Du Dir nicht vorstellen. Fast täglich erhalte ich Besuch von Nachbarn und ehemaligen Schulfreunden. Ich habe sie so lange nicht mehr gesehen und es ist interessant, wie sie sich verändert haben, wie sie sich entwickelt haben. Meine beste Freundin, mit der ich in der Grundschule in einer Bank gesessen habe, hat jetzt angefangen Medizin zu studieren. Wie die Zeit vergeht. Wir sind so erwachsen geworden, und dabei fühle ich mich manchmal noch immer wie ein kleines Mädchen, das in seiner Entwicklung stehen geblieben ist.

Erst hatte ich befürchtet, ich würde traurig werden, wenn ich all die Zukunftsträume und Ziele höre. Aber zu meinem Erstaunen konnte ich mich sogar mit ihnen freuen. Ich bin so gerührt, dass mich alle noch einmal besuchen und sich von mir verabschieden. Es ist ein schönes Gefühl, nicht vergessen worden zu sein. Ich führe viele tolle Gespräche, die mir Kraft geben.

Meine Schmerzen halten sich in Grenzen, ich nehme viele Medikamente ein, die mir helfen über den Tag zu kommen. Meine Eltern sind rund um die Uhr da. Mir ist, als ob wir die versäumten Jahre, die wir nicht miteinander hatten, in der Kürze nachzuholen versuchen. Mein Vater hat mir sogar einen Fernseher ins Zimmer gestellt. Auch wenn ich nicht viel fernsehen kann, weil nach zehn Minuten das Bild vor meinen Augen verschwimmt, habe ich mich gefreut. Meine Mutter hat sich zu einer super Krankenschwester entwickelt. Ich wusste gar nicht, dass sie so talentiert ist (grins). Ich kann mittlerweile gar nicht mehr aufstehen, weil meine Beine zu schwach geworden sind Auch den Brief jetzt an Dich muss ich im Liegen schreiben. Selbst das Sitzen fällt mir schwer. Entschuldige bitte mein Gekrakel, ich hoffe, Du kannst meine Schrift (die man nicht mehr als Schrift bezeichnen kann) lesen.

Es war mir unheimlich wichtig, Dir noch einmal einen Brief zu schreiben, weil ich Dir unbedingt noch etwas sagen muss, was mir keine Ruhe lässt. Es fällt mir schwer, dies zu schreiben, vielleicht war ich zu feige, es Dir ins Gesicht zu sagen. David, wie Du weißt, bist Du der beste Freund, den ich je hatte, Ich habe in meinem Leben keine solche Freundschaft gehabt. Und ich hatte immer Angst, dass unsere Freundschaft durch etwas zerbrechen könnte, was wir nicht unter Kontrolle halten können. David, ich muss Dir gestehen: Ich habe Dich die ganze Zeit belogen. Es kann sein, dass unsere Freundschaft dadurch jetzt erst recht kaputt geht, ich kann verstehen, wenn Du mit mir jetzt nichts mehr zu tun haben möchtest. Ich denke aber, dass ich es Dir sagen muss, auch wenn mir bewusst ist, dass Du durch die Lüge sehr verletzt sein wirst. David, ich habe keinen Freund. Ich hatte Kai nur erfunden um uns beide zu schützen. Ich hatte Angst, Du könntest Dich in mich verlieben und unglücklich werden, weil ich doch nicht mehr lange zu leben habe. Du hast mir schon von Anfang an gefallen, sonst wärest Du mir im Park nie aufgefallen. Auch ich war über meine tiefen Gefühle zu Dir erschrocken und meine innere Stimme sagte mir, dass ich aufpassen solle. Oft habe ich nächtelang im Krankenhaus wachgelegen und gegrübelt, welche Lösung es geben könnte. Und ich bin zu dem Entschluss gekommen, meine Gefühle bei mir zu lassen, damit keine Gefühle bei Dir geweckt werden. Es gab Momen-

te, in denen ich meine, auch von Deiner Seite Intensiveres gespürt zu haben. Wie Du mir manchmal in die Augen geschaut hast, ich glaube, das war nicht nur freundschaftlich. Vielleicht irre ich mich ja auch, ich wollte Dir nur sagen, wie es für mich rüberkam. Weißt Du, ich hatte nur so panische Angst, dass wir unglücklich werden, dass Du Deine Freundin durch den Tod verlierst, oder dass unsere Freundschaft durch die Liebe zerbrochen wäre. Kurzum, ich wollte Dich nicht verlieren und Dich nicht unglücklich machen. Mir ist klar, dass es dumm von mir war, mir eine solche Lüge auszudenken. Und ich kann verstehen, wenn Du jetzt enttäuscht und wütend bist. Es war mir wichtig Dir das noch zu beichten, bevor ich es nicht mehr kann.

Ich vertraue Dir, wie ich keinem Menschen vertraue. Meine Gefühle für Dich sind sehr stark. Jetzt kann nichts mehr passieren, daher kann ich nun endlich offen zu Dir sein. Mein Leben ist vorbei und ich komme gut damit klar.

Ich habe gelebt, ich habe gut gelebt, und ich glaube, ich habe erreicht, was ich erreichen wollte. Wir dürfen den Tod nicht als Feind betrachten, sondern als wichtigen Teil des Lebens, der uns eine neue Chance gibt.

Wie Du siehst, wird meine Schrift immer undeutlicher, meinen Arm verlässt langsam die Kraft. Ich muss aufhören zu schreiben …

Aber nun kann ich endlich voll und ganz offen zu Dir sein und Dir leise zuflüstern: Ich liebe Dich!

Wir sehen uns wieder,
pass auf Dich auf und denk an Deine Träume!

In Liebe, Deine Sheila

Ich bin bereit

Tristes Leben ist Vergangenheit,
Erinnerung im Nebel des Schicksals.
Freude auf die Heiterkeit,
auf die Berge des Tals.

Die Furcht muss fallen,
die Gespenster müssen sterben.
Hoffen auf das laute Knallen,
geschlossen werden die Kerben.

Der Wunsch nach innerer Stille,
heraus aus dem Grauen.
Befriedigt werden soll der Wille,
nach vorne zu schauen.

Sehnsucht nach Sicherheit,
raus aus der Verlassenheit.
Von der Angst befreit,
für ein neues Leben bereit.

Ich muss den Brief mehrmals lesen, mir steht der Mund offen. Erst kann ich gar nicht begreifen, was ich da lese. Mir erscheint alles wie ein Traum. Heißt das etwa, wir waren beide ineinander verliebt und jeder hat es für sich behalten, aus Angst den anderen verletzen und unsere Freundschaft verlieren zu können?

Ich lasse mich auf den Küchenstuhl fallen, das muss ich erst mal verdauen. Die Gedanken rotieren in meinem Kopf – Sheila.

Ich muss sie anrufen. Jetzt! Ich muss mit ihr reden!

Mit zitternden Fingern wähle ich ihre Nummer. Erst nimmt niemand ab, das Tuten kommt mir wie eine Ewigkeit vor. Endlich höre ich die Stimme ihrer Mutter am anderen Ende der Leitung.

„Hier ist David, kann ich Sheila sprechen?“ Ich bin so aufgeregt, dass ich glatt vergesse, sie zu begrüßen.

„Sheila ist heute morgen gestorben.“

Stille. Ich bin nicht in der Lage, etwas zu erwidern. Die Nachricht ist wie ein Schlag ins Gesicht. Auch wenn ich wusste, dass sie sterben würde, war in einem kleinen Teil meines Gehirns immer noch die Hoffnung vergraben, dass sie vielleicht doch noch gesund werden würde, dass in ihr irgendwelche Selbstheilungsprozesse in Kraft treten würden.

„Danke", sage ich nur und lege auf. Mein Beileid auszusprechen habe ich vergessen. Ziellos wandern meine Augen durch die Küche. Alle wussten, dass sie sterben würde, doch das macht den Schmerz nicht kleiner. Dieser Verlust ist unerträglich.

Ich würde gerne heulen, doch stattdessen ist meine Kehle wie zugeschnürt. Sie hat mich geliebt – und ich sie. Verdammt, ich habe dieses Mädchen geliebt wie niemanden zuvor. Wenn wir doch nur eine Chance gehabt hätten, wenn *sie* doch nur eine Chance gehabt hätte. Völlig verwirrt hole ich meine Turnschuhe, ich muss jetzt joggen.

Draußen nieselt es leicht, als ich die Haustür hinter mir schließe und mich mit flotten Schritten auf den Weg mache. Es ist mir egal, wo ich laufe, Hauptsache, mein Weg führt nicht durch den Park. Ich spüre die zarten Tropfen auf meiner Haut und in meinem Haar und bin dankbar, dass ich überhaupt etwas spüre. Sheila ist tot, das muss erst mal in mein Hirn rein. Sie sagte der Tod sei nicht schlimm, aber sie hatte Unrecht – es ist schlimm! Schlimm ist der Tod für mich, weil ich jetzt alleine bin, weil ich ohne sie weiterleben muss. Der Gedanke, nie wieder mit ihr sprechen zu können, sie nie wieder zu sehen, ihr nie sagen zu können, dass ich auch ich sie geliebt habe, oder besser gesagt noch liebe, ist unvorstellbar. Warum durfte ich es ihr nicht mehr sagen?

Ich fühle mich einsam wie nie zuvor und versuche, diese Einsamkeit aus mir hinaus zu rennen. Wo ist Sheila jetzt? Ist ein Teil von ihr noch auf der Erde? Spürt sie, dass ich in dem Moment an sie denke?

Vielleicht ist sie schon auf ihrem Stern. Schade, dass es noch nicht dunkel ist. Es wird seine Zeit brauchen, bis ich über ihren Tod hinwegkommen werde, doch ich muss an Sheila denken und nicht an mich. Ihr geht es gut, dort wo sie jetzt ist, sie leidet nicht mehr. Daran sollte ich denken, vielleicht wird es dann leichter für mich.

Und heute Abend werde ich das Teleskop aufbauen.

Stephanie Heinrich

16. Kapitel

Die Beerdigung ist an einem Samstag. Dichte Wolken bedecken den Himmel und es regnet Bindfäden. Ich mache es mir auf meinem Fensterplatz im Zug bequem und lasse die graue Landschaft an mir vorbei rauschen. Drei Stunden dauert die Fahrt, das sind noch mal drei Stunden, um mich auf den Abschied vorzubereiten. Seit Sheilas Tod letzte Woche hat sich viel in mir verändert. Ich habe mir ernste Gedanken über mein Leben gemacht und immer wieder Fetzen unserer Gespräche in Gedanken hervorgerufen. Ich bin dankbar, dass ich diese Zeit, auch wenn sie nur kurz war, mit Sheila verbringen durfte, dass ich sie überhaupt kennen lernen durfte. Es war die bisher wertvollste Zeit meines Lebens. Meine Gefühle wechseln sich ständig ab – traurig über Sheilas Tod und glücklich über unsere Freundschaft. Doch die Trauer wird allmählich kleiner, weil ich weiß, dass Sheila nicht *wirklich* weg ist. Sie lebt weiter, zwar nicht hier auf der Erde, dafür aber in mir. Gestern Abend habe ich bis tief in die Nacht den Sternenhimmel durch ihr Teleskop betrachtet. Ich habe mich ihr so nahe gefühlt, als ob sie bei mir im Zimmer wäre. Da wusste ich, dass nur ihre sterbliche Hülle tot ist, sie selbst aber nicht. Ich bin froh, dass mir Sheila diese Erkenntnis vermittelt hat, und ich wünschte sie hätte sie nicht nur mir vermittelt.

Während der Fahrt hole ich den Brief aus meinem Rucksack, den ich kurz nach Sheilas Tod geschrieben habe. Ich lese ihn nun bestimmt zum hundertsten Male durch.

Liebe Sheila,
vielen Dank für Deinen Brief Es ist schade, dass er zu spät kam, ich hätte gerne noch mit Dir gesprochen. Daher schreibe ich Dir nun zurück und hoffe, dass Du ihn dort, wo Du jetzt bist, lesen kannst. Deine Zeilen haben mich bewegt – sie haben mich sehr bewegt! Ich musste Deine Lüge, wie

Du es nennst, erst einmal begreifen. Kai gab es über haupt nicht? Ich habe Dir die Sache mit ihm voll geglaubt, aber im Nachhinein weiß ich natürlich, warum er Dich nie besuchte, und warum ich ihn nie kennen lernte. Hinterher ist man immer schlauer und man sieht Dinge, für die man vorher blind war. Nun kann ich es mir erklären.

Ich bin nicht enttäuscht von Dir! Ich bin froh, dass du so offen zu mir warst, denn jetzt kann ich mir meine Gefühle, die ich für Dich empfand (empfinde), endlich eingestehen und ernst nehmen. Und auch ich gebe zu, dass ich in Dich verliebt war (bin). Ständig kamen diese Gefühle hoch, wenn ich Dich angeschaut habe, Gespräche mit Dir geführt habe oder wenn wir einfach nur miteinander geschwiegen haben. Oft war ich eifersüchtig auf Deinen imaginären Freund, eine Freundin wie Dich zu haben. Wenn es Kai gegeben hätte, hätte ich sofort mit ihm tauschen wollen. Aber Du hattest (hast) Recht, unsere Freundschaft wäre zu schade für die Liebe gewesen, denn Liebe ist zerbrechlicher als Freundschaft.

Sheila, es ist ein Geschenk des Universums, dass ich auf dich getroffen bin. Das war kein Zufall – das war Schicksal. Wir waren (sind) füreinander bestimmt. Du warst (bist) die beste Lehrerin, die ich bisher in meinem Leben hatte. Ich habe so viel von Dir gelernt. Deinen Mut, Deine Tapferkeit und Stärke habe ich stets bewundert. Im Gegensatz zu Dir kam ich mir immer wie das letzte Weichei vor. Du warst ein starker Mensch und Du hast mit mir Deine Stärke geteilt. Dafür bin ich Dir sehr dankbar! Wir haben so viele gemeinsame Stunden verbracht, in denen mir das ein oder andere Licht aufgegangen ist. Ich werde diese Stunden sehr vermissen, sie haben mir viel Halt gegeben, gerade, als die Sache mit meiner Mutter war, und ich kurz vor der Verzweiflung stand. Mit Dir konnte (kann) ich reden, Du hast mich verstanden. Und das war (ist) ein gutes Gefühl für mich.

Mit Dir konnte (kann) ich oft den Rest der Welt, der teilweise so scheiße war (ist), vergessen. Manchmal kam (kommt) es mir vor, als gäbe es nur uns beide, als ob uns die Welt gehörte. Wir waren (sind) den Sternen so nah – dem Himmel so nah, und es war (ist) Dein Himmel.

Du hast mich an meine Träume erinnert, die ich längst vergessen hatte. Dabei ist es so wichtig, seine Träume nicht zu vergessen.

Kannst Du Dich noch an meinen Traum erinnern, mit Rucksack um die Welt zu ziehen, den Alltag hinter sich zu lassen und einfach nur zu leben? Diesen Traum werde ich wahr machen. Ende September geht mein Flug – hinaus in die weite Welt. Mein Studienplatz ist bis auf Weiteres verschoben. „Träume nicht dein Leben, sondern lebe deinen Traum."

Ein sehr vielsagender Spruch, findest Du nicht auch? Ich will endlich mal auf mein Gespür hören und herausfinden, was wirklich gut für mich ist. Und ich glaube, es ist gut für mich, ins Ausland zu gehen.

Sheila, es war wie ein Geschenk für mich, auf Dich getroffen zu sein. Unsere Freundschaft/Liebe wird nie enden. Ich spüre Dich so oft, noch nach Deinem Tod, in meiner Nähe. Ein echtes Gefühl kann nichts trennen.
Wir werden immer zusammen sein, und das macht mich glücklich, und vor allem werden wir uns irgendwann wiedersehen.

In Liebe,
Dein David

Die kleine Kapelle ist gerammelt voll, ich habe einen der Plätze in den hintersten Reihen zwischen den tief schwarz gekleideten Menschen ergattert. Die Gesichter der Leute sind wie zu Stein erstarrt, als wäre aus ihnen mit Sheilas Tod selbst jegliches Leben gewichen. Es sind viele Jugendliche dabei, schätzungsweise Sheilas ehemalige Klassenkameraden. Den Brief fest in meiner Manteltasche umklammernd, versuche ich dem Pfarrer zuzuhören, doch seine Worte klingen wie ein Echo in meinen Ohren. Meine Gedanken schweifen ab, ständig zieht es meine Blicke auf den Sarg, der vorne in der Kapelle unter zahlreichen Blumenkränzen aufgebahrt ist. *Nur Deine Hülle ist tot, und die Hülle macht niemanden aus.*

Sheilas Eltern sitzen in der ersten Reihe, die Mutter trägt einen Hut mit Schleier. Ihr Kopf ist gesenkt, und ab und zu vernehme ich ein leichtes Zucken ihres Körpers.

Ich spüre nichts mehr. Die Trauer in diesem Saal dringt in meine Knochen und am liebsten würde ich rausrennen und schreien.

Erst als sechs Männer stumm den Sarg aus der Kapelle tragen und ich mich langsam bewegen kann, geht es mir besser. Das Gehen durch den Nieselregen tut mir gut. Bei dem Anblick der weinenden Gesichter komme ich mir beinahe schlecht vor, weil ich nicht weine. *Die Seele ist unsterblich.* Mit schweren Schritten folgen wir dem Zug, Sheilas Mutter in den Armen ihres Mannes gestützt, dessen Augen ins Bodenlose starren. Ich selbst wende meinen Blick zu Boden. Diese unsagbare Trauer ist für mich schlecht auszuhalten.

Schließlich, nach mir endlos vorkommendem Marsch erreichen wir das ausgehobene Grab, in das vorsichtig der Sarg heruntergelassen wird. Die Menschen verteilen sich im Halbkreis um das Grab und der Pfarrer spricht noch einige Worte, deren Inhalt ich nicht aufnehmen kann. Während der Pfarrer in seinem kleinen Büchlein liest, kommt die Sonne hinter den Wolken hervor. Ihre Strahlen sind warm und tröstend, sie sind angenehm und trotz meines schwarzen Anzuges schwitze ich nicht. Ich nehme die Wärme auf meinem Kopf wahr und würde am liebsten mit den Strahlen verschmelzen.

Sie ist nicht wirklich tot.

Die Eltern sind als erstes an der Reihe, mit einer kleinen Schaufel Erde in das Grab zu schütten. Sheilas Mutter bricht weinend am Grab zusammen und der Vater führt sie behutsam wieder zurück in die Menge.

Dann schütten nach und nach Verwandte und Freunde ihre Portion Erde auf den Sarg, die meisten werfen noch Kuscheltiere und Blumen hinterher. Es ist ganz still, nicht einmal ein Vogel ist zu hören.

Als ich vor dem Grab stehe, wird mir beinahe schwarz vor Augen. Mit zitternden Händen nehme ich die Schippe, greife nach dem Brief in meiner Manteltasche und lasse ihn auf den Sarg flattern. Ich starre auf das mit Blumen und Kuscheltieren übersäte Loch und beobachte tranceartig wie sich mein Brief auf einen Teddybären legt. Ich hoffe, das du ihn liest.

Stephanie Heinrich

Ich stehe eine halbe Ewigkeit wie eine Statue da und erst, als ich hinter mir ein eindeutiges Räuspern vernehme, wende ich mich ab.

Ich stelle mich nach ganz hinten und halte mein Gesicht in die warmen Sonnenstrahlen. Ich schaue in den Himmel und entdecke am Horizont einen wunderschönen Regenbogen, und auf einmal macht mein Herz einen Hüpfer. Seine Farben leuchten geradezu freundlich und ich sehe nichts mehr außer diesem Regenbogen.

Jetzt weiß ich, dass Sheila den Brief gelesen hat.

Iatros Verlag
Tel.: (0 61 33) 92 73 20
Fax: (0 61 33) 92 73 17
Bestl@iatros-verlag.de
www.iatros-verlag.de

Dr. Alfred Jahn
Thailand anders: Erlebnisse eines Kinderchirurgen
ISBN 3-937439-38-2

Dr. Kaplan/Eckstein (Hrsg.)
Kinderchirurg Dr. Alfred Jahn und die Waisenkinder von Kigali
ISBN 3-937439-38-2

Dr. H.-M. Grosse-Oetringhaus
Zwischen Schreibtisch und dem Kreuz des Südens
Afrika – Mittelamerika – Südamerika
Reportagen über das Reisen und Schreiben und über Kinder, die aktiv sind
ISBN 3-937439-65-X

Dr. H.-M. Grosse-Oetringhaus
Wo Hoffnung greifbar wird
Menschen in Südost-Asien machen Selbsthilfe wahr
ISBN 3-937439-79-X

Sabine Burchhardt
In Lumpen gewickelt
ISBN 3-937439-35-8

Dr. Bruno Runge
Briefe aus Tansania
ISBN 3-937439-41-2

Dr. Tomas Böhm
Nicht wie wir!
Psychologische Aspekte zu Fremdenfeindlichkeit und Rassismus
ISBN 3-937439-29-3

Dr. christoph S. Kern
In Trost und Würde bis zum Tod
Der Hospizgedanke im Krankenhaus
ISBN 3-937439-10-2

Dr. Christoph S. Kern
Mein Jakobsweg
ISBN 3-935314-02-7

Dr. Tomas Böhm
Wiener Jazz Trio
Musik in NS-Zeiten
ISBN 3-937439-89-7